DIE 205

Harry Thürk

Schwarze Blüte - sanfter Tod

Das Neue Berlin

1. Kapitel

Ich hatte nur ein paar Stunden in Macao gebraucht, um das Alibi zu überprüfen, dem ein Anwalt in Hongkong nicht ganz traute. Bevor er mit seinem Klienten vor Gericht mußte, wollte er wenigstens genau wissen, ob dieser ihm nicht vielleicht doch etwas vorgeflunkert hatte. Gelegenheitsarbeit. So etwas macht man, wenn eine Flaute eintritt, die einem eigentlich ganz recht ist, wobei man nur dafür sorgen muß, daß trotzdem Geld ins Haus kommt. In die Dschunke, besser gesagt, denn ich besitze kein Haus.

Das Alibi stimmte, wie ich herausfand. Der Klient war an genau dem Abend, den er angab, beim Jai Alai in Macao gewesen, hatte gewettet und sogar gewonnen.

Der Buchmacher konnte den Abschnitt des Wettscheins vorweisen, der mit dem Rest des Scheins identisch war, den der Anwalt dem Gericht vorzulegen beabsichtigte. Ich erledige solche Gelegenheitsaufträge eigentlich nicht gern, aber zum einen war der Anwalt ein guter Freund, und zum anderen beherzige ich eben die alte Weisheit, nach der ein Mann, der reich werden will, auch solche Arbeiten nicht verschmähen soll, die keine Krone tragen.

Obwohl – irgendwas kann an dem Spruch nicht ganz stimmen, denn reich bin ich trotz seiner Befolgung bisher nicht geworden. Aber vielleicht kommt das ja noch.

Weil ich auch zu Hause nichts weiter versäumte, blieb ich über Nacht und konnte am Abend selber im Jai-Alai-Stadion ein paar Wetten tätigen. Leider ohne Erfolg. Die Götter sind dagegen, daß Lim Tok ein reicher Mann wird.

Das Jai Alai ist eigentlich eine spanische Erfindung und schon ein paar Jahrhunderte alt. Die Portugiesen führten es in ihrer Kolonie Macao als Freizeitspaß ein. Da spielen jeweils acht Ballwerfer in Zweiergruppen gegeneinander, indem sie mit einem gekrümmten Wurfgerät, das entfernt an eine riesige Suppenkelle erinnert, die jemand auf annähernd rechtwinkelige Form gebogen hat, harte Gummibälle gegen eine Wand schleudern.

Der Dreh des Spiels besteht darin, daß der Gegenspieler den zurückprallenden Ball auffangen und ihn sofort wieder gegen die Wand schleudern muß, worauf der andere ihn zu fangen hat – so geht das weiter, bis einer unterliegt, weil er den Ball verpaßt. Der nächste aus seiner Mannschaft ersetzt ihn dann. Die Mannschaft, die schließlich zuerst über keinen Spieler mehr verfügt, hat verloren.

Es ist schon spannend, so einen Kampf zu beobachten, zumal das Spiel buchstäblich lebensgefährdend ist. Die Bälle erreichen im Flug eine Geschwindigkeit, die meist nur wenig unter zweihundert Stundenkilometern liegt – wer solch ein Ding an den Kopf bekommt, ist tot. Deshalb spielen die Mannschaften auch in engmaschig vergitterten Käfigen – wenn Sie so etwas noch nie gesehen haben. Mit Tennisschlägern gespieltes Squash ist, wie ich glaube, eine abgemilderte, zivilisierte und nicht mehr lebensgefährliche Variante davon. Die humanistische Alternative zu den barbarischen Spiclen der alten Kolonialportugiesen.

Meist spielen nur Profis Jai Alai. Die Amateure sitzen außerhalb des Käfigs, verwetten ihr Geld und setzen den Gewinn gleich in Rotwein um.

Ich war vom langen Zuschauen am Abend müde, verschlief die Nacht in einer ruhigen Herberge und tauchte sozusagen erst am späten Vormittag wieder unter den Lebenden auf und in die lärmende Welt ein. Eine der trotz Modernisierung immer noch laufenden Fahrradrikschas setzte mich am Porto Exterior ab, wo die Tragflächenboote nach Hongkong abfahren.

Für die Stunde, die man in so einem Ding bis Shun Tak braucht, wo ich zum Mittagessen mit meinem Auftraggeber verabredet war, hatte ich mir die „Newsweek" gekauft, um mich zu bilden. Infolgedessen konnte ich mich ausführlich über die Angst der Hongkonger vor der Vereinigung mit China informieren. Da war eine ganze Liste meist betuchter Leute aufgeführt, die sich schon aus Hongkong bis auf die Bermudas oder nach Kanada, auch nach Südafrika verzogen hatten. Über andere wieder wurde berichtet, daß sie dabei wären, sich mit der neuen Administration im voraus zu verständigen, auf daß die Geschäfte weitergingen – wie es hieß, für fünfzig Jahre ohne Einschränkung. Mir kam das so vor, als hätte die „Newsweek" wesentlich mehr Bedenken gegen die Vereinigung als etwa ich. Was die neuen Verhältnisse betraf, die da auf die Hongkonger zukamen, sah sie sehr schwarz. Ich las die lange Abhandlung zu Ende und warf zwischendurch nur einmal einen Blick auf meinen Nachbarn, der offenbar schläfrig wurde und den Kopf auf die Brust sinken ließ. Ein Mann mit einem militärisch anmutenden Haarschnitt, den Spaßvögel bei uns „kontinental" nannten, weil die Soldaten der Pekinger Armee auf ähnliche Art geschoren wurden – allerdings erst, wenn sie mindestens Corporal waren, vorher trugen sie Bürste.

Der Mann hatte ein knallbuntes Hemd an, mit Palmen und Wahinen bedruckt, vielleicht ein Urlauber, der eine sündige Nacht in Macao verbracht hatte. Auch etwas, wovon die „Newsweek" voraussagte, daß die Pekinger es in Hongkong abschaffen würden.

Dabei kann man heute in Kanton beispielsweise schon in einer Nacht mehr sündigen, als man mit einem Monatsverdienst zu bezahlen imstande ist. Oder in Shenzhen. Nun ja, die Kerle bei der „Newsweek" unterscheiden sich eben nur in der Aufmachung und im Anspruch von all diesen anderen Garbanzo-Journalisten, die ihre Frühlingsröllchen verdienen, indem sie mit Dingen, von denen sie nichts verstehen, die leeren Flecken zwischen den Anzeigen von Camel und Microsoft füllen.

Was mich und meine Profession als Privatdetektiv angeht, so hat mir erst unlängst mein alter Freund Bobby Hsiang, der in der Kriminalpolizei der Kolonie für die Aufklärung von Schwerverbrechen zuständig ist, versichert, daß man ihm bereits angekündigt habe, er werde dasselbe nach der Heimkehr ins Reich der Mitte weitermachen, vielleicht mit ein paar Schulungskursen zwischendurch, in denen er neue Gesetze kennenlerne. Und Privatermittler, so Bobby, wären soeben in Peking als Beruf eingeführt worden.

Ich warf einen Blick auf die Uhr. Wir waren schon an Kennedy Town vorbei. Das Ocean Terminal in Kowloon war an der linken Seite zu erkennen, rechts lag Victoria. Ich entsorgte die ausgelesene „Newsweek" unauffällig hinter der Armlehne des Sitzes. Jetzt wußte ich endlich, was mich 1997 im Hinblick auf Grausamkeiten erwartete.

Beim Aufstehen warf ich noch einen Blick auf meinen Nachbarn, der selig weiterschlief, mit tief auf die Brust gesunkenem Kopf.

Wer mich näher kennt, weiß, daß ich ein freundlicher Mensch bin, auch hilfreich. Meine Mutter, die eine Kneipe in Wanchai führt, versichert mir ab und zu, diese Eigenschaft hätte ich von meinem Vater geerbt, einem amerikanischen Marinepiloten, der in Korea fiel. Hier war nun wieder einmal eine Chance, meine stets unterbewerteten Charakterzüge unter Beweis zu stellen. Ich tippte dem Nachbarn im bunten Hemd leicht auf die Schulter, zwischen die Abbildung einer Kokosnuß und des Bikinibusens einer Wahine und flötete so fröhlich es mir gelang: „Hallo, Sir, wir sind daaa!"

Das wiederholte ich zweimal, ohne daß er reagierte. Da klopfte ich ihm etwas kräftiger auf die Stelle mit der Kokosnuß, mit dem Ergebnis, daß er nach der Seite umkippte und still liegenblieb.

Mein Instinkt setzte sich gegen Freundlichkeit und Hilfsbereitschaft durch, und ich legte zwei Finger an seinen Hals, dorthin, wo man das Pulsieren der Schlagader spüren konnte, bei lebenden Menschen. Doch da pulsierte nichts mehr. Der Mann war tot. –

Zwangsläufig mußte ich, wie die anderen Passagiere auch, warten, bis jemand von der Polizei an Bord kam, mit ihm die Unfallmedizin. Es gab keinen Verdacht gegen mich, es gab überhaupt keinen Verdacht, denn nach oberflächlicher Untersuchung erklärten die Mediziner, es seien keine Spuren von Gewaltanwendung zu finden. Jeder in der Kabine hatte auch gesehen, wie der Mann an Bord gekommen war und sich hingesetzt hatte. Er mußte – aus was immer für einem Grunde – während der Fahrt sanft entschlafen sein.

Als sich das Boot nach routinemäßiger Feststellung aller Personalien langsam leerte, war die Sache beinahe schon vergessen, schließlich gehörte es zu den

Erscheinungen des Lebens, daß zuweilen Leute starben, und das geschah nicht immer nur in Kliniken nach einer teuren Herzoperation ...

Das „Victoria“ war zwar nicht eines der modernsten Hotels, es hatte gerade mal zwei Sterne, aber dafür saß man hier recht gemütlich und konnte sicher sein, daß die Gemüse auf jeden Fall frisch waren. Beim Fleisch empfahl es sich, nicht nachzufragen, denn der Küchenchef konnte Katholik sein, und wenn er im Geschäftsinteresse zu lügen hatte, so konnte das immerhin seine ewige Seligkeit gefährden. Ich wendete meine eigene Methode an, als der Anwalt nach meinen Wünschen fragte.

„Ich bin auf Diät“, behauptete ich mit ernstem Gesicht, „da esse ich eine Woche nur Spargel, die zweite nur Möhren ...“

„Also Möhren?“

Ich korrigierte ihn sanft, nicht ohne Schadenfreude: „Ich bin noch in der ersten Woche. Spargel bitte.“

Das bescherte mir eine gesunde Mahlzeit ohne Risiko. Und der Anwalt, dem ich feierlich eine beglaubigte Kopie des Wettscheinabschnitts überreichte, als wäre es eine Ford-Aktie, lobte mich so sehr, daß es mir beinahe unheimlich wurde.

Besser war meine Laune dann, als ich mit dem Scheck des Anwalts in der Tasche am späten Nachmittag in der Cameron Street anlangte, draußen in Aberdeen, wo meine Dschunke vor Anker lag, mein ständiger Wohnsitz. Zuvor ging ich noch auf einen Sprung in das Büro, das ich an Land zusammen mit einem Bewährungshelfer gemietet hatte, sozusagen als festen Geschäftssitz mit Telefon.

Es gab keine Post, kein Fax, aber der Bewährungshelfer – das war das einzige Neue – hatte wieder mal ein zerkratztes Gesicht. Ich begrüßte ihn: „Dame, die auf Speed steht, wie?“

Aber er ließ sich gar nicht auf Erörterungen ein. Schob mir das Telefon hin und drängte: „So schnell wie möglich Mister Hsiang anrufen! Sehr dringend!"

Bobby Hsiang, der alte Freund aus den Jugendtagen und später aus dem Polizeidienst, ließ sich, als ich zu ihm durchgedrungen war, erst gar nicht auf die üblichen Begrüßungsformalitäten ein. Er rief mir über den Draht, den er immer noch dem Funktelefon vorzog, zu: „Ich höre gerade, du warst dabei, als da auf dem fliegenden Rasenmäher einer starb, stimmt das?"

Ich fühlte mich überrollt und gab ihm zu bedenken: „Bobby, es gibt sogar Leute, die behaupten, ich hätte Buddha in der Minute seines Heimgangs mit dem Fliegenwedel gegen Mücken verteidigt ..."

Er wurde barsch. Bei Bobby stets ein Zeichen, daß jemand auf seinen Nerven Pipa spielt.

„Red keinen Stuß, Bruder. Du wirst gebraucht. Bist du abends auf deinem Eimer?"

„Ich verbitte mir, meine Wohndschunke einen Eimer zu nennen", knurrte ich ihn an. Dachte einen Augenblick daran, daß Pipi, meine Freundin, die im Hotel Excelsior (immerhin drei Sterne!) an der Rezeption Dienst tat, in etwa zwei Stunden frei hatte.

„Wann kommst du?" fragte ich vorsichtig.

„In zwei Stunden."

„Dachte ich es mir doch!"

„Was ist?"

„Ach nichts", vermied ich weitere Erörterungen, „es wäre nur ganz gut, wenn du nicht gerade die halbe Abteilung mitbringst. Du weißt, Pipi läuft leicht angezogen herum, wenn man es so ausdrücken will ..."

„Ich komme allein. Halte dir Zeit für einen Auftrag frei. Bis dann!"

2. Kapitel

Meine Dschunke war äußerlich nicht von einem Museumsstück zu unterscheiden, aber die Inneneinrichtung hatte ich – je nach Einkünften – laufend modernisiert. Vor Aberdeen lagen außer den großen schwimmenden Restaurants unzählige Dschunken, Sampans, Segelboote aller Art, auch Motoryachten. Die Bucht steckte voller Leben. Wer hier vor zwanzig Jahren die Einsamkeit des Meeres und die Stille gesucht hatte, war von der Zeit überrollt worden. Ich fand trotzdem, daß man hier immer noch angenehmer lebte als in einem dieser Hochhäuser mit Dutzenden von Stockwerken und einem stets defekten Fahrstuhl. Für einen, der etwa im Zentraldistrikt auf den Straßen ging, entstand der Eindruck, über Hongkong gäbe es eigentlich keinen Himmel mehr. Erst hier draußen in der Bucht spürte man ihn wieder.

Als ich mir im Laden der Familie Tsuen, unweit der Piers, das abholte, was der alte Tsuen mir am Anfang jeder Woche in eine riesige Papiertüte als „Ration" packte, entdeckte ich Lum, einen der pfiffigen Jungen, die sich hier herumtrieben, Geschäfte machten, Botengänge erledigten, gelegentlich Brieftaschen fingerten oder auf andere Ideen kamen, die nicht ganz im Einklang mit den Gesetzen Ihrer Majestät standen.

„He, Lum!" Ich hielt ihm die Hand hin. Hatte ihn eine Weile nicht gesehen. Er hockte neben einer Blechbüchse mit Schlitz. Die Aufschrift lautete SPENDEN SIE FÜR BSE-GESCHÄDIGTES KLEINSTKIND!

Als ich grinste, sagte er schnell: „Geben Sie mal auch was, ich habe im Knast die ganze Woche immer nur englisches Rindfleisch gekriegt, wer weiß, was da mit mir passiert!"

„Was war es denn diesmal?"

„Illegale Kopien von Musik."

Der Junge machte mir langsam Sorgen. Dummköpfe brachten es als Gauner in Hongkong meist nicht weit, aber bei ihm war Grips vorhanden. Das konnte schlimm enden.

„Hat mein Büroteilhaber dich wenigstens mal besucht?“

„Leider“, gab er zu. „Ich mußte eine volle Stunde mit ihm beten. Die Ergebnisse vom Pferderennen in Happy Valley hat er mir trotzdem nicht verraten.“

„Was gewonnen?“

Der Junge schüttelte den Kopf. Einen Augenblick dachte ich, diese abstehenden Ohren müssen ihn doch eigentlich immer mit frischer Luft versorgen, wenn er seine wertvolle Kugel nur hin und her bewegt. Es war drückend schwül geworden. Möglicherweise zog da ein Gewitter auf.

Ich ließ eine Münze in die Blechbüchse fallen. Er dankte mir: „Möge der Himmel Ihnen tausend schöne Engel schicken, wenn Sie sich zum Schlaf legen.“

Der Himmel, christlich oder nicht, schickte mir Pipi, die wieder mal pünktlich hatte Schluß machen können, was gar nicht so oft vorkam. Kein Spezialgast, dem sie noch im Interesse des Hotels halb Wanchai zeigen mußte, und dann klarmachen, daß sie trotz ihres Mikro-Minis nicht für One-night-stands zu haben war. Schwer fiel es den Europäern schon, das zu glauben, denn das Mädchen hatte einen Hintern, der einen buddhistischen Einsiedler aus dem Himalaya bis nach Chung Wan hätte locken können. Bobby Hsiang nannte so was einen Jahrhundert-Knallarsch. Ordinäre Leute, die Hongkonger Polizisten. –

Wir hatten, als Bobby vor dem Boot den Fahrer des Polizeiflitzers dreimal tuten ließ, eine halbe Stunde auf der Matte hinter uns, und Pipi sprang erschrocken auf, wickelte sich in ein Handtuch und ließ dann die Strickleiter herunter, bevor sie unter Deck verschwand, wo sie, wie ich sie kannte, eine Weile unter der Dusche verbringen würde.

Ja, die bewohnten Dschunken, das sollte ich Ihnen erklären, haben einen ziemlich großen Wassertank an Bord, der regelmäßig gefüllt wird, nicht daß Sie denken, wir lebten hier am Rande des Elends, was die hygienischen Verhältnisse angeht – nein, es ist vielmehr ein nostalgisches Hobby, auf einem Boot zu wohnen. Eine ganze Menge relativ begüterter Leute aus der Kolonie macht die Mode mit.

Bobby Hsiang gefiel mir heute nicht besonders. Er war sehr groß, und es kam mir so vor, als schlotterten seine nicht mehr ganz hellen Hosen heute ärger als sonst um die Beine, als hätte er Hemd und Jackett ebenfalls zu groß gekauft. Aber er kletterte sportlich wie immer die Strickleiter hoch. Vielleicht zuviel Arbeit in der letzten Zeit?

Er winkte ab. Tat genau das, was ich befürchtet hatte, griff sich aus der blauen Bastos-Packung einen dieser schwarzen Stinker und blies den Qualm in das über der Bucht wabernde Gemisch von einfacher Luft und Gerüchen von Tang, Kochfeuern und gebratenem Fisch.

„Arbeit und Idioten", verriet er mir. „Wenn wir bei der Polizei noch Typen wie dich hätten, wären wir glücklicher dran. Im Augenblick seilen sich eine Menge guter Leute ab."

Ich erinnerte mich an die „Newsweek" und erkundigte mich beiläufig: „Wo bunkerst du eigentlich deine Millionen?"

Er lachte, aber es klang nicht sonderlich heiter. Er blickte sich um, sah dann mich an. Wir kannten uns lange genug, so daß ich ihm die unausgesprochene Frage beantworten konnte.

„Pipi duscht."

Er wirkte nicht wie ein Polizist am Feierabend, eher wie einer zwischen zwei Dienstaufträgen. Das Boot, das ihn gebracht hatte, umkreiste langsam meine Dschunke. Ruhelosigkeit lag in der Luft.

„Was ist los?“ ging ich die Sache direkt an. „Hast du Probleme?“

Er griff nach dem Glas Bier, das ich ihm hinstellte, gutes, im Thermosbehälter gekühltes „Star“, nahm einen respektablen Zug, und als er Luft geholt hatte, sagte er: „Die Leiche. Du warst dabei. Was war da los?“

Ich hatte den toten Mann von heute mittag schon fast vergessen. Ein Mann, der aus einem Grunde, über den die Mediziner zu urteilen hatten, gestorben war, neben mir, zufälligerweise, sonst nichts. Beunruhigte das Bobby?

„Nein“, gab er unwillig Auskunft. „Wir kriegen vermutlich noch viel Ärger damit.“

Das überraschte mich. Ich hatte dem Tod des Unbekannten keine so große Bedeutung beigemessen. Aber nun korrigierte mich Bobby: „Du wirst dich noch wundern. Er heißt Choi Lam. Kommt aus Shanghai. War kerngesund. Auch nach Meinung der Ärzte, die ihn jetzt noch auf dem Tisch haben, um herauszukriegen, woran er einschlief ...“

Ich wandte ein: „Bobby, du weißt selbst, dafür kann es Gründe geben, die so leicht nicht aufzudecken sind. Jedenfalls hat ihn niemand erschlagen oder erstochen, er saß neben mir, ich hätte es gemerkt.“

Bobby schüttelte bekümmert den Kopf. Die Zigarette schien ihm nicht zu schmecken, er warf sie über Bord, sagte: „Er wird noch untersucht. Bis jetzt stehen die Pathologen vor einem Rätsel. Herzstillstand bei erstklassiger Gesundheit ...“

„Das kommt vor“, versuchte ich ihn zu belehren. Aber er ging gar nicht darauf ein.

„Morgen früh wissen wir mehr über die Todesursache. Aber ich ahne nichts Gutes.“

„Und wie kann ich dir helfen?“

Er nahm erst noch einen Schluck Bier. „Soll ich dir sagen, wer der Tote ist?"

„Würde es mich überraschen?"

„Ja. Selbst dich abgebrühten Privatschnüffler wird das überraschen. Sein Vater ist Emerson Choi."

Das hätte ich in der Tat nicht vermutet, vorausgesetzt es handelte sich um den Mann, den ich meinte.

„Emerson Choi? Der Choi?"

„Genau der."

Dieser alte Herr war der alleinige Inhaber einer der größten Tee-Exportagenturen in Hongkong. Konnte zwar Kwong Sang nicht schlagen, aber wer einen feinen Lung Ching schätzte, mit glatten Blättern, die an der Oberfläche wie gebügelt aussahen, mit einem Aroma, das Träume suggerierte, der kaufte die Marke „Drachenlady" von Emerson Choi.

Die Erzeugnisse, die Choi verkaufte, waren von so erlesener Qualität, daß sie sogar von den Herrschern arabischer Fürstenhäuser bezogen wurden.

Ich kannte den Alten. Als ich noch bei der Polizei war, hatte es einen Einbruch in eine seiner Lagerhallen in Kowloon gegeben. Wir hatten das aufklären können. Choi war in den fünfziger Jahren nach Hongkong gekommen, aus Shanghai.

„Und der Tote ist sein Sohn?" vergewisserte ich mich. Ich war über die Familienverhältnisse des Tee-Tycoons nicht weiter im Bilde.

Bobby nickte. „Aus erster Ehe in China noch. Bürger der Volksrepublik."

Das veranlaßte mich zu einem Seufzer. Immer wenn Leute aus dem Mutterland in eine Sache verwickelt waren, bedeutete das zusätzliche Komplikationen. Was er nur in Macao gesucht hat?

„Wir wissen es noch nicht genau. Aber Emerson Choi ist Mitte der fünfziger Jahre, als er aus Shanghai wegging und sich hier mit dem Teehandel zu beschäftigen begann, bereits verheiratet gewesen. In

Shanghai. Die Frau mit dem Sohn blieb dort. Choi Lam."

„Hat er den Vater besucht?"

„Ja. Wegen des Vaters bin ich überhaupt hier. Ich habe ihn über den Tod des Sohnes unterrichten müssen. Er fragte nach dir."

„Nach mir? Ich habe nichts mehr mit der Hongkonger Polizei zu tun!"

„Das weiß er. Aber er glaubt nicht an einen natürlichen Tod des Sohnes. Hat noch die vorhergehenden Tage mit ihm verbracht. Sagt, so sieht kein Mensch aus, der am nächsten Morgen stirbt."

„Als er im Boot neben mir saß, sah er auch nicht so aus. Aber – was habe ich damit zu tun? Außer daß ich neben ihm saß ..."

„Der Alte will mit dir sprechen. Ich vermute, er will dich mit der Aufklärung beauftragen."

„Das ist Sache der Polizei!"

„Wir werden das möglicherweise schnell abschließen. Kein Mord – keine Ermittlungen."

„Und was soll ich dann daran aufklären? Soll ich nach Macao fahren und die Lady suchen, bei der dieser Choi Lam vielleicht am Abend vorher sein Herz überanstrengt hat? Er hätte im Jai Alai Stadion ein paar Dollar verwetten sollen, statt dessen ..."

Pipi war plötzlich da. Ich roch zuerst eine Wolke von „Eternity", die sie ankündigte. Wenn Pipi um diese Zeit duscht, nach einer verspielten Stunde mit mir, auch nach nur einer halben, schwelgt sie danach in Düften, die so exotisch sind wie ein ägyptisches Pharaonengrab. Aber angenehmer für die Nase. „He, ihr beiden, gehen wir aus? Streichen wir die Stadt rot an?"

„Nicht rot, bitte", wehrte Bobby säuerlich ab, „das könnte mißverstanden werden. Du siehst fabelhaft aus!"

Sie tauschten ein paar Höflichkeiten. Dann erbot

sich Pipi, ein Tablett voll Dim Sum an Deck zu holen, das noch im Kühlfach stand. Wir hatten ein paar Minuten, um uns zu verständigen, bevor aus diesem Besuch Bobbys ein bunter Abend wurde.

„Kann ich dem Alten sagen, daß du ihn besuchen wirst?"

„Kannst du. Morgen?"

„Ruf mich vorher an. Es ist möglich, daß unsere Pathologen noch etwas entdecken, das du wissen mußt."

„Und ich komme euch nicht in den Weg?"

Er wehrte ab: „Keine Angst. Wir sind froh, wenn der Alte sich an dir festbeißt. Wir haben nicht genug Leute. Ich dürfte eigentlich jetzt gar nicht hier bei dir sitzen und Bier trinken, ich müßte schon längst in Kowloon sein, da haben wir eine Erpressung mit Kindesraub."

Ich überlegte noch einmal laut, daß es ganz förderlich wäre, wenn man wenigstens wüßte, was dieser mutterländische Sohn aus erster Ehe in Macao eigentlich gesucht hatte. Und Bobby gab mir lakonisch die Auskunft: „Ach ja, da kann ich helfen. Emerson Choi hat sich, nachdem er in Hongkong war, von seiner Shanghaier Frau scheiden lassen und hier wieder geheiratet. In Macao lebt ein weiterer Sohn von ihm. Aus zweiter Ehe. Halbbruder von Choi Lam ..."

„Was du nicht sagst!" begann ich. Aber da war Pipi, dieses bezaubernde Geschöpf, mit einem großen Tablett kleiner Häppchen bei uns angekommen, und ich sah, wie Bobbys Augen größer wurden.

Am Morgen, als ich mich in meinem immer noch nicht ganz schrottreifen Toyota in Richtung Kowloon quälte, tat mir nachträglich noch der Fahrer des Polizeibootes leid, das meine Dschunke umkreisen mußte, bis Bobby seinen Appetit gestillt hatte und ans Zurückfahren dachte.

Ich rief ihn über mein Handy an, als ich aus dem Tunnel heraus war. Ich muß ein ziemlich dummes Gesicht gemacht haben, als er mir eröffnete: „Fahr zu Choi und verabrede mit ihm was du willst. Aber es hat sich ergeben, daß die Polizei doch weiter an der Sache arbeiten wird, also beachte die Vorschriften ..."

„So, es hat sich ergeben", brachte ich heraus, „und was ist es, das sich da ergeben hat?"

„Vermutlich Mord", antwortete Bobby mir. „Um es amtlich auszudrücken, Zuführung einer uns unbekannten, tödlichen Substanz in den Verdauungstrakt. Du kannst im Auftrag Chois in der Sache ermitteln, aber wenn du Erkenntnisse gewinnst, mußt du sie an uns weitergeben. Kennst die Spielregeln ..."

Ich kannte sie auswendig, fragte: „Was für eine Substanz kann das sein?"

„Keine Ahnung."

„Aber – an Bord des Tragflächenbootes wurde nichts serviert!"

„Eben", gab Bobby zurück. „Das haben wir auch schon herausgefunden. Und ich darf dir verraten, daß der Mann gestern abend noch ziemlich spät im ‚Henry's' gegessen hat. Er hat im ‚Mandarin Oriental' gewohnt, dort gefrühstückt, und sich mit einem Taxi zur Anlegestelle fahren lassen."

„Und vorher? Ich meine, hat er gespielt? Gewettet? Er muß doch irgendwas angefangen haben in diesem verschlafenen Nest!"

„Frag seinen Vater", riet mir Bobby. „Er wartet auf dich. In der Firma. Du weißt ja, wo das ist ..."

Und er vergaß nicht, mir noch einzuschärfen, ich solle ihn nach der Unterredung unbedingt anrufen und ihm Einzelheiten mitteilen. Dazu war ich zwar nicht verpflichtet, aber ich war daran interessiert, mir die Verbindung mit der Polizei zu erhalten, deshalb sagte ich erst einmal zu.

3. Kapitel

Das erste, was ich von der Firma Emerson Choi sah, war das berühmte Zeichen, das den Drachen mit der Prinzessin zeigt. Aber das waren die Betriebsgebäude an der Jordan Road, wo ich damals als Polizist gewesen war, wegen des Einbruchs. Jetzt erfuhr ich hier, daß Mister Choi in seinem Privathaus anzutreffen sei. Das lag in einer sehr grünen Gegend von Yau Ma Tai, zwischen dem King's Park und der Bahnlinie nach Norden. Stilecht, mit rot lackiertem Mondtor, das war mein erster Eindruck. Ein schöner Anblick, nach den vielen himmelhohen Wohntürmen mit ihren nicht voneinander zu unterscheidenden Fassaden, hinter denen in den letzten Jahren Zehntausende von Menschen untergebracht worden waren.

Daß Choi ein Traditionalist war, hatte ich damals schon gespürt, als ich mich mit der Aufklärung des Einbruchs befaßte. Aber jetzt wurde mir klar, daß sich hier Reichtum mit einer besonderen Art von Geschichtsbewußtsein verband, das er demonstrativ lebte.

Ich bückte mich unwillkürlich und eigentlich unnötigerweise, als ich durch die runde Öffnung in der Mauer, die das Anwesen umgab, in den Hof trat.

Ein Goldfischteich, umgeben von niedrig gehaltenem Bambus, zwei Weiden mit bis auf den Beckenrand herabhängenden Zweigen, Keramiklöwen, eine bronzene Tempelglocke – alles das nicht etwa luxuriös, wie die Wohnstätten der Schnellreichen in der Kolonie oder auch drüben in Shenzhen, der „Sonderzone", nein, das machte eher den Eindruck vom Domizil eines Gelehrten, der über genug Bildung verfügt, um etwa auf einen eigenen Swimmingpool gern zu verzichten.

Über der ebenfalls rotlackierten Eingangstür hing ein aus einem halben Dutzend hauchdünner Tonröhren bestehendes Windspiel. Es verbreitete zartes Geläut, als der Diener, der mich zum Eintreten aufforderte und darauf achtete, daß ich meine Straßenschuhe ablegte, die entsprechende Armbewegung machte.

Innen roch es sehr leicht nach Räucherwerk, das um einen Hausaltar herum glimmte, und nach Blüten. Emerson Choi war ein beeindruckender Mann. Größer als Chinesen gewöhnlich sind, hielt er sich kerzengerade. Seine hellen Augen blickten mich prüfend an. Ich bewunderte die graue Haarfülle, die seinen imposanten Schädel bedeckte. Es fehlte ihm, so fiel mir auf, das Wahrzeichen vieler älterer, traditionsbewußter Chinesen, nämlich das dünne Büschel langgewachsener Kinnbarthaare. Sein Kinn war glattrasiert, es wirkte ernüchternd. Sein Händedruck ließ mich meine voreilige Meinung korrigieren, es handle sich bei Emerson Choi um einen älteren Herrn, dessen Kräfte nicht mehr überwältigend waren.

„Ich danke Ihnen, daß Sie meiner Einladung gefolgt sind, Mister Lim Tok ..."

Er brachte die Eröffnungsfloskeln unseres Gesprächs geradezu elegant hinter sich. Das war nicht der trauernde Vater, dem immer noch die Sprache versagte. Als ich ihm eingestand, es tue mir leid, die Sache mit seinem Sohn, nickte er ein knappes Danke, und dann eröffnete er mir: „Ich bin an seinem Tode indirekt wohl auch schuld. Zumindest fühle ich so. Ich hatte ihn gebeten, mich hier zu besuchen. Es ging um die Zukunft meines Unternehmens, aus zwei Gründen. Ich erreiche in Kürze ein Alter, in dem man sich aus dem Geschäft zurückzieht, und ich habe zwei Söhne, von denen ich will, daß sie mich ersetzen. Wir haben zu beraten gehabt, wie sie beide das Geschäft in meinem Sinne nach der Vereinigung Hongkongs mit China weiterführen wollen."

Er machte eine Pause. Wieder einer, der sich einen amerikanischen Paß besorgt, um nach Kalifornien überzusiedeln, wenn ihm die Zustände hier nicht mehr gefallen, dachte ich. Inzwischen läuft das Geschäft über die Söhne weiter. Im Hongkong dieser Tage war das eine schon beinahe übliche Verfahrensweise. Allerdings nur bei betuchten Leuten. Die anderen warteten geduldig ab, was die Vereinigung bringen würde. Hatte er wirklich die Absicht, nach Amerika auszuweichen?

Ein Diener erschien und servierte Tee. Ich registrierte im stillen, daß Emerson Choi in seinen Sitten gelegentlich wohl auch ein wenig von der Tradition abwich, denn eigentlich hätte der Tee serviert werden müssen, bevor das Palaver begann. Als der Diener sich entfernt hatte und Choi, nachdem er getrunken hatte, nichts sagte, fühlte ich mich verpflichtet zu bemerken, daß der Tee vorzüglich sei. Und ich knüpfte daran gleich die Frage: „War der ... Verstorbene auch im Teegeschäft?“

„Seit der frühesten Jugend“, bestätigte Choi. Und dann erzählte er mir, was ich schon erfahren hatte, nämlich daß er selbst aus Shanghai weggegangen war, damals, als die Volksrepublik entstand. Frau und Sohn wollten eigentlich nachkommen, zogen es aber dann vor zu bleiben.

„Ich konnte zu meiner Frau keinen Weg mehr finden“, gestand er mir, „aber ich konnte wenigstens erreichen, daß mein Sohn Lam sich für das Teegeschäft interessierte. Er wurde nach und nach zum geschätzten Kenner in Shanghai. Denn das Hinterland im Süden ist Teeland. Über Lam habe ich dann in der letzten Zeit aus dem Mutterland hervorragende Sorten Keemun und Oolong bezogen, auch Lung Ching. Ich habe sie hier abgepackt, und sie sind auf dem Weltmarkt populär geworden.“

Er trank bedächtig aus der drachengezierten Tasse,

dann fuhr er fort: „Der Besuch meines Sohnes, dessen Mutter nicht mehr lebt, ebenso wie die Frau meines zweiten Sohnes, stand im Zusammenhang mit der Vereinigung Hongkongs mit dem Mutterland. Ich wollte, daß Lam mit seinen Fachkenntnissen das Geschäft weiterführt, weil ich mich zurückziehe."

Eine Familiengeschichte, die sich da vor mir auftat. Vater will seinen Erben einsetzen. Erbe stirbt. Wo war der Haken?

Ich erinnerte mich an die Frage, die ich schon Bobby Hsiang gestellt hatte, und brachte sie so vorsichtig es ging an: „Mister Choi, ich habe der Polizei schon berichten können, daß ich neben Ihrem Herrn Sohn saß und es während der ganzen Fahrt absolut keine Chance für irgend jemanden gab, ihm etwas anzutun, ohne daß ich es bemerkt hätte. Er lehnte sich nach Ablegen des Bootes zurück und schien auszuruhen. Erst beim Aussteigen stellte ich fest, daß er ... nicht reagierte. Was hatte er in Macao zu tun? Vielleicht gibt uns das einen Hinweis."

Er zögerte nicht. Schien sich daran zu erinnern, daß ich ja in seine Familienverhältnisse nur sehr oberflächlich eingeweiht war, und erläuterte mir: „Lam hat seinen Halbbruder besucht. Victor Choi."

„Ach", tat ich überrascht, „sein Halbbruder lebt in Macao?"

Der Alte nickte. „Ich hatte in Hongkong wieder geheiratet. Aus dieser Ehe ist Victor. Meine zweite Frau starb vor einigen Jahren. Lam wollte sich in Macao mit seinem Halbbruder über die Fortführung des Familiengeschäfts in meinem Sinne unterhalten. Das tat er auch. Victor rief mich nach Lams Abfahrt an und teilte mir mit, Lam würde mir erzählen, wie sie beide sich das vorstellten."

Er schwieg. Und ich warf ein: „Aber dazu kam es nicht mehr. Hat Ihnen die Polizei schon das Ergebnis der ... medizinischen Untersuchung mitgeteilt?"

Immer noch fiel es mir schwer, jemandem in einem solchen Falle zu sagen „das Ergebnis der Obduktion". Scheußlicher Gedanke für einen Angehörigen, sich zu vergegenwärtigen, wie fremde Leute im Körper eines Verstorbenen herumwühlen!

Aber Choi sagte: „Mister Hsiang hat mich heute früh informiert, ja."

„Können Sie sich vorstellen, wer ein Interesse hatte, Ihren ersten Sohn auf diese Weise … ich meine, um es mit den Worten der Polizei zu sagen, durch Zuführung einer tödlichen Substanz in den Verdauungstrakt umzubringen?"

„Das kann ich beim besten Willen nicht. Und weil ich Sie von dem Einbruch damals als einen findigen Mann in Erinnerung hatte, erkundigte ich mich bei Mister Hsiang nach Ihnen. Ich hörte, daß Sie privat arbeiten, und Mister Hsiang stimmte mir zu, als ich ihm vorschlug, Sie gewissermaßen parallel zur Polizei in meinem eigenen Auftrag ermitteln zu lassen. Sie würden mir einen großen Dienst erweisen."

Ich verbeugte mich leicht und murmelte, daß ich mir der Ehre bewußt sei. Nur jetzt nicht etwa das Honorar erwähnen! Leute wie Emerson Choi sind keine Knauser.

„Ist Ihr zweiter Sohn Victor auch im Teegeschäft tätig?"

Wenn er jetzt ungern Auskunft gab, so ließ er sich das jedenfalls nicht anmerken, als er sagte: „Er betreibt eine Segelschule, unweit des Museu Maritimo. Da gibt es eine kleine, künstlich angelegte Bucht, dort liegt seine Firma."

„Oh, ich kenne die Gegend!" teilte ich ihm mit. „Ich habe in Macao gearbeitet. Die südlichste Spitze der Halbinsel. Rua do Almirante Sergio, wenn ich nicht irre, oder?"

„Sehr richtig. Das ist seine Anschrift."

Die Gegend lag unweit eines Container-Terminals,

aber die Landschaft war so beschaffen, daß dort betuchte Leute gern ihre neuerworbenen Segelboote anlegten und sich in der Bedienung ausbilden ließen.

Das hatte es schon zu der Zeit gegeben, als ich in der Küche des Hotels Lisboa den ehrsamen Beruf eines Kochs erlernte, wie meine Mutter das wünschte, weil sie damals noch annahm, ich würde einmal die Küche in ihrem Restaurant Hibuskus in Wanchai übernehmen. Vergangene Zeiten! Was mochte aus meinem damaligen Mitlehrling Sung Loh geworden sein? Ich hatte ihn zuletzt als Küchenchef im Lisboa gesehen, als ich dort vor einiger Zeit einmal zu tun hatte. Er hatte mir sogar helfen können.

Emerson Choi riß mich aus diesen Überlegungen, als er fragte: „Werden Sie für mich tätig werden, Mister Lim Tok?"

Ich kam vorerst nicht dazu, die Frage zu beantworten, denn der Diener schlich in den Raum, beugte sich über seinen Herrn und flüsterte ihm etwas zu.

Emerson Choi schien überrascht, aber er faßte sich sofort und ging in Richtung Innenhof. Allerdings war er nicht schnell genug.

Da stand plötzlich eine kleine, zierliche Frau, unauffällig elegant gekleidet, das Haar im Nacken zu einem straffen Knoten geschlungen, und blickte ihm durch eine schmucklose Nickelbrille entgegen.

Die Begrüßung fiel förmlich aus. Ich richtete mich schon auf eine Wartezeit ein, aber da erschienen beide wieder im Zimmer, und Choi stellte mir die Besucherin kurzerhand vor: „Dies, Mister Lim Tok, ist die Gattin des Verstorbenen, meine Schwiegertochter Choi Tse-min."

Ich murmelte mein „Angenehm!" und deutete eine Verbeugung an. Choi fuhr fort: „Sie ist aus Shanghai gekommen, auf meinen Anruf hin. Wir sehen uns übrigens zum ersten Mal ..."

Er betete noch herunter, wer ich war, und daß ich

etwas für die Aufklärung des mysteriösen Todes tun sollte, neben der Polizei sozusagen, und dann setzten wir uns wieder, nachdem ich der Witwe mein Mitgefühl ausgedrückt hatte.

Die Frau, die einen intelligenten Eindruck machte, ließ sich zunächst erklären, was wir von der Sache wußten. Sie stellte ein paar Fragen, die genau dahin zielten, wo ich mir vorgenommen hatte, anzusetzen, aber das sagte ich ihr nicht. Erst als sie sich wieder erhoben und noch ein paar persönliche Worte mit Choi gewechselt hatte und mit der Bemerkung aufgebrochen war, sie werde sich jetzt erst einmal mit der Polizei unterhalten, wandte ich mich an Choi: „Hat Ihre Frau Schwiegertochter ebenfalls mit dem Teehandel zu tun?“

Er teilte mir mit: „Choi Tse-min ist eine der stellvertretenden Oberbürgermeisterinnen von Shanghai.“

Das hatte ich zu verarbeiten. Und so wurde ich erst aufmerksam, als er seine Frage wegen meines Engagements wiederholte. Ich sagte schnell: „Selbstverständlich, Sir. Ich werde sogleich beginnen.“

„Bringen Sie mir den Mann, der den Tod meines Sohnes verschuldet hat. Ich hatte zwei Söhne, die meine Arbeit weiterführen sollten, wenn ich in das Alter komme – jetzt bleibt nur noch Victor. Das ist ein Schlag für einen alten Mann wie mich ...“

Er überreichte mir einen Scheck auf einen Betrag, für den ich zur Not ein Auto hätte kaufen können, wenn es in Hongkong nicht schon genug Autos gegeben hätte. Ich solle das für Unkosten verwenden, bemerkte er ziemlich nebenhin. Dann drückte er meine Hand. Sein Blick ruhte freundlich auf mir, und der Diener geleitete mich durch Hof und Mondtor wieder nach draußen.

Eigentlich wollte ich zu meinem Toyota und mir erst einmal in Ruhe überlegen, wie ich am besten weiter vorgehen würde. Aber dazu kam ich nicht.

Die kleine Frau stand ganz plötzlich vor mir und sagte: „Mister Lim Tok, wollen Sie mir die Frage beantworten, weshalb mein Schwiegervater sich nicht auf die Hongkonger Polizei verläßt, sondern Sie engagiert? Was ist der Hintergrund?"

Sie hatte auch ein Auto, einen vermutlich gemieteten kleinen blauen Ford, der wohl für ihre Körpergröße gerade komfortabel genug sein mochte. Er stand unweit von meinem Toyota.

„Hat Ihr Herr Schwiegervater Ihnen erzählt, daß Ihr Mann in Macao mit mir zugleich auf ein Hydrofoil stieg, sich neben mich setzte, und als ich ihn in Hongkong ans Aussteigen erinnern wollte, tot war?"

Sie sah mich streng an. „Mein Mann war sehr gesund. Haben Sie ihn ermordet?"

Ich vermied es, allzu empört zu erscheinen, die Frau war verständlicherweise erregt, sie kannte weder mich, noch war sie in der Kolonie zu Hause. Deshalb machte ich sie höflich aufmerksam: „Ich kannte Ihren Herrn Gatten gar nicht. Mister Emerson Choi traut wohl unserer Polizei nicht viel zu, deshalb engagierte er zusätzlich mich."

„Und Ihnen traut er mehr zu?"

Ich war entschlossen, Auseinandersetzungen zu vermeiden. Noch dazu mit jemandem aus dem Mutterland. So sagte ich sachlich: „Ihr Herr Gatte wies übrigens nicht die geringste Spur von Gewaltanwendung auf. Kein Messerstich, kein Einschuß, kein Schlag, einfach nichts. Das macht die Sache rätselhaft. Auch die Polizei steht vor einem Rätsel. Übrigens war ich früher bei der Polizei. Jetzt privatisiere ich schon eine Weile."

Sie sagte nachdenklich: „Vielleicht ist das so wie in der Wirtschaft, daß ein Privatmann sich mehr anstrengt als ein staatlicher Polizist."

Ein königlicher, dachte ich, sagte es aber vorsichtshalber nicht. Bei diesen Leuten aus dem Mutterland wußte man nie genau, ob man nicht falsch ankam mit einem harmlosen Scherz.

„Ich will ihn sehen!“

Gerechnet hatte ich mit diesem Wunsch, aber ich war doch irritiert. Ich wußte, wie Leichen aussehen, die unsere Polizeipathologen in Arbeit gehabt haben.

„Sie wollen das wirklich?“ fragte ich zurück.

Sie forderte mich ziemlich barsch auf: „Stellen Sie sich nicht so an, ich werde den Anblick meines Mannes ertragen, auch wenn er tot ist!“

So fuhr ich vor ihr her zur Leichenhalle in der Yee Street in Mong Kok, wo ich den Kameraschwenker Tim Tsen kannte. Er präsentiert den Angehörigen üblicherweise auf dem Bildschirm äußerst hygienisch, steril und nervenschonend ihre teuren Verblichenen. Daß wir auf Direktbetrachtung bestanden, bekümmerte ihn, aber er fand sich damit ab.

Er trug wieder seine gestreiften Hosen und die Mao-Jacke, was wohl in dieser Umgebung für ein der Gelegenheit angemessen feierliches Aussehen sorgen sollte. Weil er mich kannte, griff er ohne weitere Fragen nach dem Formular für die Direktbeschau und ließ es uns unterzeichnen.

Der Tote war noch vorzeigbar. Die Schnitte waren durch Einschlagtücher geschickt verdeckt. Ich trat höflich ein paar Schritte zurück und achtete darauf, den Duft der irgendwo glimmenden Räucherstäbchen nicht gerade in vollen Zügen einzuatmen, während die Witwe stumm vor der Schublade mit dem tiefgekühlten Leichnam stand und sich bemühte, ihre Gefühle nicht zu offenbaren.

„Kommen Sie“, forderte sie mich nach einer Weile auf. Sie drückte Tim Tsen etwas in die Hand, das der blitzschnell in der Tasche der gestreiften Hose verschwinden ließ, und draußen, als aus den Bäumen, die ringsum standen, ein paar fröhliche Vogelstimmen zu hören waren, die uns aufzufordern schienen, die Welt nicht ganz ernst zu nehmen, ließ die Frau sich von mir den Weg zur Polizei beschreiben, ohne über den Toten noch eine Bemerkung zu machen.

Weil sie sich in Hongkong nicht so gut zurechtfand, rief ich Bobby Hsiang an. Der wußte bereits, daß sie in der Stadt war und verabredete sich mit ihr auf der Hongkonger Seite des Tunnels, unweit der Mittagskanone. Von da an wollte er sie zum Präsidium im Zentraldistrikt lotsen.

„Ich sehe Sie noch“, versprach sie mir, als wir uns verabschiedeten. „Emerson Choi wird wissen, wo ich zu finden bin. Oder ...“ Sie zeigte mir einen Zettel, auf dem die Adresse einer Wohnung in einem dieser Türme in Tsuen Wan stand, oben in den New Territories. „Schreiben Sie es sich ab, ich konnte das Appartement günstig für einige Zeit mieten. Die Zahl an der Unterkante des Zettels ist das Telefon.“

Während ich mein Notizbuch aus der Tasche fischte und schrieb, stellte ich einige Überlegungen über die Eigenschaften von Bürgermeisterinnen solcher Städte wie Shanghai an. Für gewöhnlich war man bei uns der Meinung, daß es sich da um ziemlich stupide Exemplare der Gattung Mao-Rezitator handelte. Irgend etwas daran konnte nicht ganz stimmen.

„Ich werde mich freuen, Sie wiederzusehen“, versicherte ich der Witwe und sah zu, wie sie abfuhr. Dann amete ich einige Male durch, bis ich den Weihrauchduft aus den Nasenlöchern hatte, worauf ich mich in den Toyota warf und in Richtung Yau Ma Tai kroch. Mir war nämlich eingefallen, daß ich erst einmal herausfinden sollte, mit wem ich es zu tun hatte.

Nun werden Sie sagen, da handelt es sich um den ehrenwerten Tee-Exporteur Emerson Choi und seine Familie. Das ist zwar nicht absolut falsch, aber es beantwortet nur einen Teil der Frage. Denn kein ehrenwerter Geschäftsmann dieser Größenordnung in unserer Stadt steht mit seiner Familie allein auf der Welt – er ist vielmehr stets Teil einer größeren Gemeinschaft, als es eine Familie sein kann. Was heißt, daß er unweigerlich zu einem dieser Clans gehört, die man selbstverständlich nicht beim Namen nennt, die aber das tatsächliche Gewicht eines Mannes ausmachen, oder einer Familie.

Man schließt sich zusammen, um stark zu sein. Um als Tycoon bestehen zu können. Und um in Fällen wie diesem, wo es einem nächsten Angehörigen ans Leben gegangen war, eine Antwort finden zu können.

Nicht Geld allein ist es, das die Abläufe hierzulande regelt, auch Gemeinschaften gehören dazu, über die man zwar selten redet, die aber um so schlagkräftiger sind.

Da gab es meinen alten Freund Charly Soong!

Hamburger Charly wurde er nicht nur von mir genannt, weil er lange in Poor Man's Night Club einen Bratstand von Weltruf betrieben hatte. Kein festes Etablissement etwa, das war dort auch nicht üblich gewesen, denn bei Poor Man's Night Club handelte es sich ursprünglich tagsüber um einen riesigen Parkplatz im Nordwesten von Victoria, wo die Fähren abgehen. Nachts wurde das Gelände zu einem Markt, auf dem man vom gestohlenen Diamantring bis zur leicht beschädigten Eistüte so gut wie alles kaufen konnte, und das stets umringt von einer unübersehbaren, quirligen Menge Besucher, die im Schein von eleganten Spotlights oder pfeifenden Karbidlampen durcheinanderwuselten.

War einmal! Inzwischen ist das alles auf ein paar traurige Reste zusammengeschrumpft, weil unsere Autoritäten mit der ausdrücklichen Billigung Pekings auf Lantau zu Beton ins Meer kippen, damit eine gigantische Zufahrt für den neuen Flughafen entsteht. Diesem grandiosen Unternehmen ist Poor Man's

Night Club, eine der erhebendsten Attraktionen Hongkongs, im Wege gewesen. –

Wer von den Händlern etwas auf sich hielt, hat seinen Marktstand von dort nach Kowloon verlegt. An den nördlichen Rand der Jordan Street, wo die Temple Street abgeht. Da hat immer schon der Temple Markt existiert. In der Gegend wird zwar ebenfalls gebaut, an einer Rollbahn, aber einstweilen läuft das Geschäft noch ungestört. Hochseebarsche neben Chinakohl, Zigaretten neben Teemischungen gegen vorzeitiges Altern, Präservative mit bunten Mickymäusen neben Füllhaltern Marke Parker, nachgemacht, Jadeohrringe neben Hamburgern. Für letztere ist – zumindest an seinem Stand – Charly Soong zuständig.

Ich hatte nicht weit zu fahren, der Markt liegt nur etwa zwei Kilometer südlich der Stelle, an der Emerson Choi sein Domizil hat. Aber es war heller Tag, und Charly pflegt das Hauptgeschäft in den frühen Nachtstunden zu machen, wenn das Klima erträglicher geworden ist und die Leute sich entschließen, einen Bummel zu unternehmen.

Trotzdem – ich traf ihn an. Er stritt sich gerade mit dem Elektriker, der das Gerät reparieren sollte, in dem er die Brötchen für die „Hot Dogs American Style“ aufzubacken pflegte.

Der Elektriker hielt es für in Ordnung, aber Charly keifte ihn immer wieder an, die von ihm eingestellte Zeit wäre falsch, die Brötchen kämen mit zu hart gebackener Kruste heraus, und das liebten vielleicht Eskimos, aber nicht Billigtouristen in Hongkong. Sie verlangen, daß ihnen beim Zubeißen nicht gleich die Zähne aus der Kinnlade brechen.

Er sah mich an, als ob ich schuld an dieser Misere wäre: „Nicht jeder kann sich bei diesen Zauberkünstlern ein neues Mahlwerk klempnern lassen, bei den heutigen Preisen! Die verlangen ja schon fünfzig

Dollar, wenn sie dich nur mal die Zunge rausstrecken lassen! Und Leute, die bei mir Hot Dogs essen, haben kein überflüssiges Geld, das sie Zahnklempnern in den Hut schmeißen könnten! Ist doch so, oder?“

Er hatte schon recht, Hot-Dog-Brötchen müssen ebenso zart und weich sein, wie das darin eingeklemmte Würstchen, trotzdem an der Oberfläche leicht knusprig, aber eben nur leicht.

„Wie ein Mädchen, du Idiot!“ erläuterte Charly dem Elektriker eindringlich. „Schön stramm, mit straffer Haut, aber nicht mit Schorf drauf!“

Gleich darauf drehte er sich zu mir um und flehte mich an: „Nun sag du doch diesem Pfuscher auch mal, daß ein Hot Dog nicht für den Spaß der Zahnärzte gemacht ist, die den Leuten neue Kronen auf die Beißer kleben wollen für bunte Dollars!“

Ich beeilte mich, ihm zu versichern, daß ich felsenfest an seiner Seite stand und auf der Seite derer, die chronisch dünn mit Hongkong-Dollars dran sind. Wobei ich sekundenlang das Gefühl hatte, als drücke der Scheck von Mister Choi strafend auf mein Herz.

„Hast du schon was heiß?“ versuchte ich, Charly erst einmal von seiner Schimpferei abzulenken.

Er vertröstete mich: „Vormittags ist das hier flau. Mal sehen, ob die Schaschlyks braun sind. Habe nur zwei auf dem Feuer, die sind nicht so gefragt. Balkan ist nicht in. Bier?“

Ich willigte in ein St. Miguel ein, und wir ließen den Elektriker weiterwursteln, während wir uns in den Verschlag zurückzogen, den Charly sich hier aufgebaut hatte, für plötzliche Regenschauer.

Wenn es in der Kolonie jemanden gab, der Leute kannte und eine Menge von ihnen wußte, dann war es Charly. Deshalb war er für mich auch in vielen Fällen schon eine Quelle verläßlicher Auskünfte gewesen.

Er holte das Stäbchen mit dem aufgespießten

Fleisch, den Speckscheiben, Gurken, Tomaten und servierte es mir auf einem Pappteller. Es war noch heiß. Ich entschloß mich, erst gar nicht den Versuch zu machen, meinen Besuch als zufällig erscheinen zu lassen. Trotzdem fragte ich Charly, wie der Verkauf sich hier in Kowloon anließ. Er meinte, es könnte besser sein. Und er schüttete mir gleich seine Bedenken gegen die Vereinigung mit dem Mutterland ins Bier: „Was soll das werden? Bis wir diesen Fähnchenschwenkern beigebracht haben, daß es angenehmer ist, Hamburger zu essen als Mao zu lesen – das kann ein Menschenleben dauern!“

Ich beruhigte ihn: „Sie haben inzwischen selbst in Peking schon McDonalds, so schlimm wird das voraussichtlich nicht werden. Wenigstens bei den meisten. Mit den Hamburgern jedenfalls ...“

Der Elektriker übergab ihm ein soeben aufgebackenes Brötchen: „Die neue Einstellung!“

Charly prüfte es zuerst mit den Fingern, biß dann hinein, und nach einer Weile beauftragte er den erleichtert wirkenden Elektriker: „Genau so lassen! Die Einstellung stimmt! Keine Sekunde verändern!“

Als der Mann sich entfernt hatte, kam ich zur Sache, zumal mich Charly ohnehin erwartungsvoll ansah, weil er ahnte, daß es sich nicht um einen reinen Höflichkeitsbesuch handelte. Ich sagte zwischen einer Scheibe Rindfleisch und einer Scheibe Zwiebel: „Emerson Choi.“

Er lachte. „Ach, der Alte! Ist die Steuer hinter ihm her?“

„Ich laufe nicht für die Steuer“, belehrte ich Charly und erzählte ihm, was sich da abgespielt hatte. Charly hörte sich das gelassen an, am Schluß sagte er: „Von dem Shanghaier Knaben wußte ich nichts. Der in Macao laust Touristen. Reiche Kerle, die segeln lernen wollen. Oder Gleitschirmfliegen. Ziemlich ausgeschlafener Typ, wenn du weißt, was ich meine.“

Ich wußte. „Und der Alte?“

Charly süffelte an seinem Bier, bewegte leicht die Schultern und meinte: „Zwanzig Millionen ungefähr in Amerika. Mit dem Rest macht er hier weiter. Solange die Brüder aus dem großen Reich ihn lassen.“

„Ich meine, zu welcher Gruppe er gehört.“

Ich sagte nicht Triade. Das klang stets ein wenig nach Mord mit Baseballschläger, und Leute wie Choi hatten da andere Methoden. Aber Charly begriff schon, was ich meinte. Wiegte den Kopf und knurrte: „Saam-yi-luk. Hast du das schon vergessen? Wielange bist du in der Branche?“ Es klang ironisch. Saam-yi-luk hieß Drei-zwei-sechs. Das war die Bezeichnung eines Familientongs, der, wie ich mich erinnerte, stets in der Vergangenheit recht vorsichtig vorgegangen war. Viel Geld aus verschiedenen Unternehmungen, keine nachweisbaren Gewalttaten, aber beste Verbindungen zu anderen Tongs, ebenso zu seriösen Herren der hochkarätigen Art in den Behörden. Daß Emerson Choi eine Art Übervater war, war schon aus den Akten in der Polizeidirektion ersichtlich gewesen, als ich noch Streife ging. Aber wir hatten nie einen Grund gehabt, einzuschreiten. Gegen das, was man in Fachkreisen „das stille Wirken“ eines solchen Typs nannte, gab es kein Gesetz.

Charly lachte: „Die wirken so still, daß man es in den Ohren laut rauschen hört!“ Dann kümmerte er sich um seinen Bratrost.

Es gab noch keine Kunden. Um diese Zeit hatten die meisten Leute das Frühstück noch nicht ganz vergessen und das Mittagessen war noch nicht nahe genug. Charly stellte seine Bratanlage auf Bereitschaft ein, kontrollierte den Kühlschrank und die Isolierkiste, in der er die Gemüsebeilagen aufbewahrte. Die Mädchen, die er als Helferinnen beschäftigte, würden erst am späten Nachmittag kommen, denn da begann der Hauptbetrieb. Von der Zeit, zu der die Büros schlossen, bis weit in die Nacht hinein, gab es keine Pause.

Mir war eingefallen, daß es im Zusammenhang mit der Saam-yi-luk vor einiger Zeit ein Gerücht über angebliche Verbindungen zum Royal Hongkong Yacht Club gegeben hatte. Als ich Charly danach fragte, eröffnete er mir ohne viel Umschweife: „Toko, wo lebst du? Tobias Chester wäre längst Türsteher in einem Massagesalon, wenn er nicht im Auftrage der Saam-yi-luk die Moneten des Yacht Clubs managen würde!"

Das war es, was ich vergessen hatte! Toby Chester. Ein gebürtiger Australier, der als Vertrauensmann des 3-2-6-Tongs im hochherrschaftlichen Yacht Club eine Position hatte, die vermutlich nur Altersschwäche beenden konnte.

So oft die Polizei versucht hatte, ihm einen Betrug nachzuweisen oder die Bestechung eines Beamten – stets war die Sache im warmen Sand der guten Beziehungen verlaufen, wie das in der Kolonie so üblich war, obwohl der Gouverneur gleichzeitig so grantig über das Übel der Korruption wetterte, daß man glatt denken konnte, er meine das ernst.

„Tobias Chester", sagte ich vor mich hin. Und Charly erinnerte mich: „Paß auf, wenn du den angehst, der hat nicht bloß die Yacht Clubs hier und in Macao im Rücken und ein paar Lords und Millionäre aus der Kolonie, der frühstückt auch schon mal mit dem Genossen Wirtschaftssekretär von Shenzhen oder mit dem Obergeneral von Kanton. Es heißt, er hat im „White Swan" Hotel, drüben auf der Insel Shamian, wo früher die Dame Mao urlaubte, ein Apartment auf Dauer. Der beißt, wenn er gelatscht wird. Oder er läßt beißen ..."

Darüber hatte ich keinen Zweifel. Aber ich hatte nicht gerade die Absicht, mich in die trüben Geschäfte Chesters einzumischen. Ich wollte von ihm etwas über Leute hören, die mir im Zusammenhang mit dem Mord an Chois Sohn interessant erschienen.

So versprach ich Charly, bald einmal am Abend wiederzukommen, wenn der Markt von Menschen wimmelte und sich das eigenartige Phänomen einstellte, daß ein Hamburger frisch vom Grill am besten schmeckt.

Charly grinste nur. Er hätte zwar nicht begründen können, wie dieses Phänomen zustande kam, aber er kannte es. Und er lebte davon.

Ich konnte gerade noch sehen, wie er sein neues Reklameschild aufstellte:

CHARLYS ERLEBNIS-IMBISS!
DER HAMBURGER, VON DEM IHRE URENKEL
NOCH SPRECHEN WERDEN!
GREIFEN SIE ZU: DIE GÖTTER LIEBEN SIE, WENN SIE
CHARLYS ÜBERIRDISCHE HAMBURGER VERZEHREN!
HIER LIEGT DAS GEHEIMNIS DER JUGEND
AUF DEM GRILL!
(ZUM MITNEHMEN IN DER BUNTEN ERLEBNIS-TÜTE!)
BESUCHEN SIE UNBEDINGT AUCH MEINE FILIALE
IN NEW YORK!

Etwas östlich von der Anlegestelle der Wanchai-Fähren lag das Areal, in dem die vielleicht teuersten Segelboote der vermutlich reichsten Leute Asiens in der Dünung vor sich hin dümpelten.

Allerdings – alle paar Minuten, wenn entweder von Victoria Harbour oder von Hung Horn Bay her eine Barkasse oder irgendeines der anderen Hafenfahrzeuge herantuckerte, warf es Wellen, die sich klatschend an den weißen Rümpfen der Segler brachen. Manchmal brachten sie eine Handvoll Tang mit, einen toten Fisch, eine leere Bierdose.

Die schwerreichen Eigentümer beobachteten solche Dinge so gut wie nie. Sie wohnten ja nicht auf ihren Kähnen. Während ihrer Abwesenheit wurden die Boote von ihrem Personal betreut und bewacht. Sie selbst bestiegen sie erst zum Zwecke der Ausfahrt, das war in der Regel eine Sache von wenigen Minuten. Doch selbst dafür kamen sie nicht immer bis zum Yachthafen, sie zogen es oft vor, irgendwo in Big Wave Bay oder an einer der unzähligen anderen Buchten, die ihrem Wohnort am nächsten lagen, zuzusteigen.

Für die meisten der schon älteren Mitglieder des Yacht Clubs fand da nicht etwa Segelsport statt, nein, dem widmeten sich die Jüngeren. Für die Älteren handelte es sich eher um eine Statusangelegenheit. Man besaß eines der modernsten Boote und machte Fahrten damit, das genügte. Man gab Bootspartys, besuchte Freunde, und in der Zwischenzeit kümmerten sich gut entlohnte dienstbare Geister um das Boot.

Sport allerdings gab es schon. Es gab nicht nur gelegentlich eine Regatta, sondern es wurden auch Segellehrgänge abgehalten, in denen man das Patent erwerben konnte. Aber im wesentlichen blieb das Segeln doch eine Sache des Fachpersonals oder einiger jüngerer Ehrgeizlinge. Der gutsituierte Tycoon beschränkte sich darauf, dem Kapitän seines Bootes, dem er ein anständiges Gehalt zahlte, zu sagen, wohin es gehen sollte, während er unter Deck seine Gäste unterhielt.

Tobias Chester, den alte Bekannte wie ich Toby nennen durften, saß auf diesem Clubbetrieb wie ein Gecko auf einer Tempelmauer. Allerdings war er augenblicklich nicht da. Das verriet mir eine Blondine mit Versace-Maßen, als ich bis zu seinem Büro im Yacht Club vorgedrungen war.

„Er ist in Manila“, teilte sie mir freundlich mit, und als sie merkte, daß ich Schweißtropfen auf der Stirn hatte, flitzte sie zu einem Kühlschrank und zauberte eine grünliche Flüssigkeit in ein Glas, was mich schmerzlich daran erinnerte, daß meine Lieblingssorte gelber Limonade in der ganzen Kolonie immer rarer wurde, sie war nur noch bei wenigen Händlern zu haben.

So verdarb die fortschreitende Zivilisierung das Genußleben anspruchsloser Menschen!

„Mir ist aufgefallen, daß der Aufzug in Ihrem Gebäude nicht funktioniert", bemerkte ich beiläufig, nachdem ich ihr für den Drink gedankt hatte.

Sie sagte, sie habe schon eine Menge unternommen, um das zu ändern, es sei schwer, innerhalb einer Stunde einen Monteur zu bekommen.

„Ein Glück, daß Toby nicht die Treppen steigen muß", machte ich sie aufmerksam, „er würde seinen Zorn nicht bremsen!"

Vermutlich weil ich das vertrauliche Toby statt des amtlichen Tobias benutzte, erfuhr ich, daß der Clubmanager mit einem dollarschweren amerikanischen Flüssigseifenfabrikanten die Philippinen besuchte. Per Boot. Der Mann war ein Segelfreak, und außerdem wollte er den Verkauf seiner Flüssigseife in den philippinischen Dörfern ankurbeln, wo die Leute sich teure Seifenstücke nicht leisten können.

„Sie reinigen sich dort die Haut noch mit Flußsand, können Sie sich das vorstellen?"

Dabei sah die Blondine mich so intensiv an, als erwarte sie, daß ich wenigstens den Versuch unternahm, die etwas rückständige Säuberungsmethode an ihr sogleich auszuprobieren.

Ich nahm davon Abstand, wie Sie vielleicht verstehen werden, denn es vereinbart sich nicht mit dem Image eines Gentleman, Blondinen zu Unzeiten mit Sand abzureiben. Aber meine Antenne nahm auf, daß die Dame einem Plausch mit mir nicht abgeneigt war, was wiederum zwei Schlüsse zuließ, nämlich daß sie mich zumindest als Schwatzpartner ertragen wollte, freiwillig, und daß sie nicht eben unter Überbeschäftigung litt.

So ließ ich mich in den angebotenen Sessel nieder und plauderte eine Weile über meinen Beruf mit ihr, über den sie einiges wissen wollte, aber ich versicherte ihr vorsichtshalber, daß mein Besuch bei Toby Chester mit meinem Beruf überhaupt nichts zu tun hätte, es handle sich lediglich um Auffrischung einer alten Freundschaft.

Das veranlaßte sie, mir einen Whisky anzubieten, auf den ich so höflich wie möglich verzichtete. Dafür beglückte ich sie mit der Eröffnung, daß ich ja ein Freund des natürlichen Lebens sei, beispielsweise wohne ich auf dem Wasser, auf einer Dschunke vor Aberdeen. Da konnte ich bemerken, daß ihre Augen zu funkeln begannen. Wenn ich ihr jetzt noch berichtet hätte, daß meine alte Freundschaft zu Toby Chester damals begründet worden war, als er mir den Kauf der Dschunke vermittelte, günstig noch dazu, wäre sie mir vermutlich um den Hals gefallen, aber das wollte ich nicht unbedingt provozieren.

Wissen Sie, immer wenn ich rasanten Damen begegne, regt sich einerseits in mir der Bewunderer weiblicher Schönheit, andererseits aber bohrt in mir der Gedanke an meine Freundin Pipi, die ihren Job im Excelsior versieht und dabei ziemlich oft auf die Uhr guckt, ob sie nicht bald abflattern kann, auf eben diese Dschunke in Aberdeen, zu mir.

Sie werden verstehen, daß im Lichte solcher Überlegungen allzu abenteuerliche Eskapaden bei mir ausscheiden. Nicht grundsätzlich, aber immerhin ... Was ich überhaupt nicht bedaure. Um das noch besser zu verstehen, müßten Sie Pipi näher kennen. Und das wiederum würde ich, sofern es sich um männliche Leser handelt, ja lieber verhindern als befördern – nun eben, Sie vermuten richtig!

„Wann wird Toby denn wieder in Hongkong sein?“ kam ich zur Sache zurück.

Sie blinkte mit den Lidern, dann meinte sie: „Er ist jetzt eine Woche fort. Vielleicht schon morgen. Oder übermorgen ...“

„Das wäre günstig“, lenkte ich ein. Ich gab mir Mühe, es keinesfalls mürrisch klingen zu lassen. Obwohl, da würde ich warten müssen, bis ich von Toby eventuell etwas über den Clubchef in Macao erfuhr, was mir vielleicht auf die Sprünge half bei dieser Choi-Sache. Aber – was waren schon zwei Tage!

„Er war schon länger fort“, verriet mir die Blondine, wohl um mich wenigstens eine Kleinigkeit zu erheitern. Sie zapfte noch einmal von der farbigen Flüssigkeit in mein Glas, vielleicht weil ich mich nicht so schnell verabschieden sollte. Dachte ich jedenfalls. Wenn es um meine Wirkung auf Damen geht, kenne ich keine Bescheidenheit!

Während ich so beobachtete, wie sie beim Gehen ihren bemerkenswerten Hintern schwingen ließ, fiel mein Blick auf eine Vitrine neben dem Kühlschrank, wo Toby offenbar Souvenirs von seinen Fahrten und Trophäen aufbewahrte. Ich stand auf und ging näher.

Hinter dem Glas gab es Korallen in verschiedenen Farben, vergoldete Hibiskusblüten, wie man sie in Singapore bekommt, versteinerte Seeanemonen, präparierte Seeigel, das Skelett eines kleinen Haifisches, auf eine schwarze Platte geklebt, der präparierte Stachelschwanz eines Rochens, die Nasenwaffe eines Sägefisches und Pokale für gewonnene Regatten.

In einer Ecke lag eine spitz zulaufende Röhre, etwas kürzer als mein Unterarm, innen leer, aus Holz scheinbar, einer hellen Sorte, womöglich aber auch aus dem Schaft einer Dickgrassorte, dem Bambus ähnlich – oder war das ein Meerestier? Eine Frucht?

Ich hörte die Blondine neben mir kichern. Sie hielt mir das Glas mit der grünen Limonade hin. Ich sah, daß sie ihr Kichern zu unterdrücken versuchte, daß sie ihr Gesicht abwandte, als schäme sie sich.

Vorsicht, sagte ich mir. Vielleicht hat eines der Souvenire mit ihr zu tun. Gemeinsames Tauchen. Nacht auf hoher See. Wind in den Segeln. Wer konnte ahnen, was es da für Erinnerungen gab! Als wir wieder saßen, deutete ich, weil mir die Sache keine Ruhe ließ, trotzdem auf diese eigenartige Röhre und gestand der Dame, daß ich alles außer diesem Ding identifizieren könnte. Was es denn zum Teufel sei.

Der Erfolg war verblüffend. Sie wandte ihr Gesicht ab, das sich rötete, was zum Blond ihrer Haare nicht so recht passen wollte. Dabei murmelte sie so, daß ich es gerade noch verstand: „Ach, hören Sie doch auf!"

Wie brachte ich ihr nur bei, daß ich sie keinesfalls in Verlegenheit bringen wollte?

Ich stotterte schließlich eine Entschuldigung nach der anderen und erreichte so, daß sie mich wenigstens wieder ansah und sich überzeugen konnte, daß es in meinem Gesicht keine Zeichen von Heimtücke gab.

„Sie wissen wirklich nicht, was das ist?"

„Ich habe keine Ahnung. Gehört es zu einer Segelausrüstung?"

Sie schüttelte sich vor Lachen. Aber sie fing sich schnell wieder, es schien ihr peinlich zu sein, daß sie lachen mußte.

„Sie waren nie im Südpazifik?"

Ich antwortete wahrheitsgemäß: „Weiter als bis Tahiti bin ich nicht gekommen, leider."

„Korallenmeer?"

Ich schüttelte den Kopf. Und da nahm sie allen Mut zusammen und erklärte mir: „Stammt aus Neu Guinea. Mister Chester brachte es von einer Kreuzfahrt im Bismarck Archipel mit. Er begleitete ein Mitglied des Clubs dorthin, in einer Investitionssache, soweit ich weiß. Die Herrschaften machten dann noch einen Abstecher ins Korallenmeer."

„Aha“, machte ich. Aber der Zweck dieser Röhre blieb mir weiter verborgen, und die Blondine merkte das. Sie zauberte aus einer Tasche ihres Segeltuchrockes ein Tüchlein hervor, mit dem sie sich die Lachtränen aus den Augenwinkeln tupfte, so als wolle sie andeuten, jetzt käme eine höchst ernste Angelegenheit zur Sprache.

„Das ist ein Futteral.“

„Aha“, machte ich wieder. Wofür das ein Futteral sein sollte, ahnte ich nicht. Zur Not, überlegte ich, konnte man darin einen dieser modernen, zusammenklappbaren Mini-Regenschirme unterbringen. Aber nur zur Not, es würde eng werden. Als ich die Vermutung aussprach, mußte die Dame sich wieder Mühe geben, nicht laut loszulachen. Doch dann beschloß sie offenbar, dem Spiel ein Ende zu machen und stellte mich zur Rede: „Kennen Sie Kannibalen, Mister Lim Tok?“

Es gelang mir, einigermaßen ernst zu antworten: „Nicht daß es mir erinnerlich wäre. Aber – die Eßgewohnheiten mancher Menschen sind schon undurchschaubar ...“

Sie machte eine ungeduldige Handbewegung. „Ich meine richtige Kannibalen. Leute, die andere Leute aufessen. Unten dort, in Papua. Neu Guinea.“

Ich unterdrückte gerade noch ein Aha. Es hätte unweigerlich ironisch geklungen. Sagte statt dessen: „Nein, da fehlen mir Kenntnisse, total.“

Sie fuhr fort: „Mister Chester fand dieses Ding dort. Ein Souvenir sozusagen.“

„Futteral sagten Sie – für eine Waffe?“

Ich sah Verzweiflung in ihrem Gesicht und hätte nicht sagen können, woher sie kam. Aber sie klärte mich endlich resolut auf: „Ich spreche nicht gern darüber, Mister Lim Tok, aber dieses Futteral dient zum Schutz des Körperteils, das den Mann von der Frau unterscheidet ... ich meine, die Urbevölkerung da unten in Papua. Die Männer, die noch unbekleidet herumlaufen und unbeleckt von der modernen Zivilisation in den Urwäldern leben, in den Gebirgen, schützen damit dieses Körperteil ... das sie haben ..."

Sie geriet durcheinander, und ich fühlte mich verpflichtet, dem peinlichen Spiel ein Ende zu machen. Ich machte das ernsteste Gesicht der Welt und winkte ihr, daß ich verstanden hätte: „Gut, gut, das ist mir jetzt klar! Aber darauf wäre ich allein nie gekommen ... Danke! Ich entschuldige mich in aller Form, daß ich darauf bestanden habe, das zu erfahren."

Nun winkte sie ab. „Sagen Sie lieber Mister Chester, er soll das Ding sonstwohin stecken. Sie sind schon der dritte, dem ich erklären muß, daß die Nachfahren der Kannibalen in Papua ihre ... dieses Körperteil immer noch in einem Etui tragen!"

Ein aparter Gedanke! Ganz hinten in meinem Gedächtnis dämmerte etwas. Ich hatte zumindest schon einmal davon gehört, hatte aber keine Vorstellung davon gehabt, wie so etwas aussah und ob es sich da nicht ganz und gar um einen Schwindel handelte, den mir einer aufschwätzen wollte.

„Ich entschuldige mich nochmals", versuchte ich mich mit der Blondine zu versöhnen. Es war nicht schwer. Zehn Minuten später, beim dritten Glas der grünen Flüssigkeit, tauschten wir schon Erfahrungen aus, die wir beim abendlichen Dinner auf verschiedenen Restaurant-Booten gemacht hatten. Ich versprach ihr schließlich fest, daß ich wiederkommen würde, und zum Zeichen, daß ich das ernst meinte, gab ich ihr die Nummer von meinem Handy, unter der sie mich jederzeit erreichen konnte. Sie versprach mir, Nachricht zu geben, sobald Toby wieder zurück war.

Futteral für das Instrument des Herrn! Ich lachte noch vor mich hin, als ich in meinen Toyota kletterte.

4. Kapitel

„Komm zu Hung Tom“, forderte Bobby Hsiang mich über das Telefon auf, „laß uns in Ruhe was essen ...“

Das hieß, er wollte mir etwas mitteilen. Wir hatten diese Art der Verständigung eingeführt, weil Hongkong ja keinesfalls abhörsicher war. So vereinbarten wir noch die Uhrzeit, und ich merkte, daß ich mich beeilen mußte, rechtzeitig nach Chung Wan zu kommen.

Hung Toms kleine Kneipe, die Eingeweihten für ebenso gutes wie preiswertes Essen bekannt war, lag am Rande eines Viertels, das sich etwa zwischen der Jamia Moschee, einer Methodistenkirche und der Ohel Leah Synagoge ausdehnte. Trotzdem war das nicht so etwas wie ein religiöses Reservat, zumal die Leute in Hongkong ihre Religion, welche auch immer, nicht gerade übermäßig streng ausüben – jedenfalls ist das meine Erfahrung, und ich bin immerhin hier aufgewachsen.

Wenn Hung Tom an der Rückseite seiner Kneipe Fenster gehabt hätte, hätte man bis zum Peak sehen können, wenngleich der Dunst über dem Zentrum stets ein wenig hinderlich für den freien Blick ist. Da er keine hatte, war es in dem Geheimtip-Restaurant, in dem kunstvoll nachgeschnitzte alte Palastlampen brannten, ziemlich düster, eben die Beleuchtung, die unsere Vorfahren in den Palästen bevorzugten, aber das milderte Hung Tom dadurch, daß er auf die besetzten Tische zusätzlich diese winzigen Öllämpchen stellte, die immer etwas blakten und ein angenehm warmes Licht verbreiteten, das einem das Gefühl gab, man sei in einem Dorf am Yangtse, noch zu Lebzeiten der verhutzelten Kaiserinwitwe, und die Standard Oil hatte gerade die ersten Exemplare solcher Billiglämpchen verteilt, um den Chinesen die Erleuchtung zu bringen. Und natürlich das Öl an sie zu verkaufen, das sie für die blechernen Lichtspender brauchten, nachdem die erste Gratisfüllung ausgebrannt war. Immer wieder traf man Leute, die sagten, dies sei der erste Anstoß für geschäftsmäßiges Denken in China gewesen, aber das stimmt natürlich nicht, denn lange bevor die eingewanderten Europäer in Amerika die Indianer in die Reservate getrieben hatten, gab es in China schon Kaufleute, die andere Kaufleute betrogen. Und Käufer auch.

Irgendeiner dieser findigen Antiquitätenfälscher in Kowloon stellte die Dinger nun massenhaft her, vorwiegend für Touristen, die sie zu Hause als Attribute der Zivilisierung Chinas vorzeigten. Und Hung Tom war der Ansicht, sie verbreiteten in seiner Kneipe die unverfälschte Atmosphäre des alten Reiches der Mitte. Womit er keinesfalls so ganz Unrecht hatte.

Er erkundigte sich, ob ich mein Auto auch abgeschlossen hätte, und als ich ihn aufmerksam machte, daß es bereits im Hof seiner Kneipe stand, was für Gäste wie mich erlaubt war, wiegte er bedächtig den Kopf: „Hongkong ist auch nicht mehr das was es einmal war!“ Wem sagte er das!

Er brachte mir ein Kirin-Bier, das er exklusiv im Ausschank hatte, und erkundigte sich, wie es mir denn so ginge.

Hung Tom entsprach eigentlich der Pauschalvorstellung von einem chinesischen Kneipenwirt. Er war klein, dick, glatzköpfig, guckte mit seinen schwarzen Äuglein gemütlich, und seine weiße Schürze hätte eine Wäsche vertragen. Zu alldem kam, daß er das Naturell eines Mannes von der Heilsarmee hatte, er fühlte sich verpflichtet, jederman Gutes anzutun, vorwiegend in Form von gediegenen Mahlzeiten. Daß er dafür Geld nahm, war eigentlich seltsam. Andrerseits aber bewies der Umsatz, den Hung Tom machte, daß sich sein Image, das er sorgsam hütete, immerhin auszahlte.

Bobby Hsiang pflegte zu solcherlei Überlegungen lakonisch zu bemerken: „In dieser Kolonie hat jeder die Chance, seine Masche auszuprobieren und Geld zu machen, wenn er es nur geschickt genug anstellt!“

Ob jeder weiterhin die Chance dazu haben würde, wenn wir nicht mehr Kolonie waren, konnte heute keiner so genau beantworten. Auch Bobby Hsiang nicht, als er kam und der Wirt ihn danach fragte.

Er sah genauso mürrisch drein wie zu der Zeit, als wir noch zusammen durch ein etwas weniger hektisches Hongkong Streife gegangen waren, und zwar in Straßen, deren Häuser den Blick in den Himmel nicht ganz versperrten.

„Pilze mit Schweinefleisch gefüllt?“ fragte ich ihn, bevor er explodieren konnte. Nach meiner Erfahrung war das die beste Methode, ihn von seinem Ärger abzulenken, und Ärger hatte er gehabt, das sah man ihm an.

Er nickte, ohne eine Miene zu verziehen.

Ich machte schnell weiter: „Salat von Bambussprossen?“

„Hm ...“

„Also auch. Geschmorte Rippchen?“

Er nickte wieder. Sein Gesicht entspannte sich mit jedem Gericht, das ich vorschlug – meine Technik zog.

„Vorher Nudelnester und Tofu mit Hackfleisch?“

Er schien munter zu werden: „Hast du beim Hunderennen gewonnen?“

Ein Zeichen, daß man vernünftig mit ihm reden konnte.

„Du weißt, ich setze nicht auf Hunde. Als Nachtisch Geflügelreissuppe?“

„Wenn du das alles bezahlst ...“

„Vielleicht lieber Huntunsuppe?“

Er winkte ab. „Meinetwegen auch Huntun. Mach Schluß. Hier gibts keine Chance für ein Schläfchen danach!“

Er reagierte wieder menschlich! Der Wirt hatte bisher still neben mir gestanden und die Bestellung aufgenommen. Jetzt zog er die Augenlider hoch, so daß seine Augen plötzlich wie Tischtennisbälle mit einem schwarzen Punkt aussahen, und krähte: „Aber, aber – die Herren können jederzeit in der ersten Etage eine Stunde ruhen! Wir kennen uns schließlich lange genug!"

Und da bewies mir Bobby Hsiang, daß er den dienstlichen Streß tatsächlich hinter sich gelassen hatte, wie das ein anständiger Chinese tut, wenn er sich zum Essen niederläßt. Noch dazu zu einem, das er nicht selbst bezahlt.

Er grinste Hung Tom gemütlich an und erkundigte sich: „Mädchen und Gras?"

Der Wirt spielte Empörung. Aber er kannte Bobby und mich lange genug, um sie eben nur zu spielen.

Er zuckte die Schultern und bemerkte: „Es war ein Angebot. Hier ist noch eins – Mao Tai?"

Wir waren beide nicht abgeneigt, die Mahlzeit mit einem Schälchen dieses hochprozentigen, kräftig riechenden Schnapses zu krönen. Wobei ich schon die Erfahrung habe, daß beispielsweise Europäer, aber auch Amerikaner den unverwechselbaren Duft unseres Hirseschnapses weniger schätzen, aber das hat damit zu tun, daß wir unterschiedliche Nasen haben. Nicht zufällig tragen Amerikaner, Russen und andere Leute aus dem Westen bei uns den Kosenamen „Langnase".

Bobby Hsiang griff nach dem Bierglas, das der Wirt auch ihm hingestellt hatte. Ein Glas wie aus der TV-Werbung, mit einer genau richtig dimensionierten Schaumkrone. Er nahm einen tiefen Zug, der das Glas halb leerte, achtete überhaupt nicht darauf, daß ich ebenfalls trank, und als er absetzte, wischte er sich den Schaum von der Oberlippe und bekannte: „Jetzt bin ich wieder ein Mensch!"

Was danach kam, war weniger erfreulich, er brannte sich, um die Zeit bis zu den Vorspeisen zu überbrücken, einen seiner Stinker an. Aber dann überraschte er mich mit der fröhlichen Eröffnung: „Du mußt auf die Dame aus Shanghai einen mächtigen Eindruck gemacht haben. Hoffentlich bezahlt sie dich auch danach."

„Die Kosten trägt der Schwiegervater", stellte ich richtig und schloß daran gleich die Frage: „Was gibts aus der Pathologie?"

Er nahm einen weiteren Zug Bier, der das Glas leer zurückließ, und als der Wirt, der um diese Zeit noch keine weiteren Gäste zu bedienen hatte, es wegtrug, um es erneut zu füllen, antwortete Bobby mir: „Tja, die Leichenschänder ... Sie haben da ein Problem. Das mit der toxischen Substanz im Verdauungstrakt steht fest. Bloß was für eine Substanz das war, darüber herrscht Nebel. Keine Ahnung."

„Scheiß-Wissenschaft!" Die Bemerkung brachte mir ein zustimmendes Feixen von Bobby ein. Dann hatten wir eine Weile mit den gefüllten Pilzköpfen zu tun, die der Wirt auf den Tisch stellte. Als nächstes schleppte er die Nudelnester an und den Tofu mit Hackfleisch. Wir spendeten ihm Lob, wie er das erwartete, und während er wieder zur Küche ging, um den Salat aus Bambussprossen zu holen, merkten wir bei den ersten Bissen, daß das Lob keinesfalls verschenkt war.

Wie auf Verabredung widmeten wir uns den Speisen. Stocherten mit unseren Stäbchen in der Pracht herum, die der Wirt auftischte, und obwohl das, was wir aßen, eigentlich ein recht durchschnittliches Mahl war, fühlten wir uns wie die Könige. Es war die Ruhe, die wir hatten, hier in der kleinen Kneipe, das Fernsein von Beruf und fremden Augen, das uns gelöst schmatzen ließ und die Rätsel der Welt, auch die des Toten auf dem Hydrofoil, verdrängte.

Wir vergaßen sie über den Rippchen, auch über der

Huntunsuppe, die der Wirt dann doch noch anschleppte, und hin und wieder prosteten wir uns mit den winzigen Cloisonné-Schälchen zu, die Hung Tom jedesmal wieder mit dem für unsere Nasen wohlriechenden Hirseschnaps auffüllte.

„Unlängst“, erzählte Bobby, während er ein letztes Rippchen beknabberte, „hat einer bei uns mandschurischen Bai Gar spendiert. Kennst du das Zeug?“

Ich kannte es. Meiner Mutter war es billig von Schmugglern angeboten worden. Es war sozusagen eine Schnellanfertigung des ehrwürdigen Mao Tai, unausgereifte Massenware zum Zwecke der Bedröhnung, geeignet für Leute ohne Sinn für Genuß.

„Man glaubt, es fährt einem jemand mit der Schornsteinbürste in den Rachen“, sagte ich, „so brennt das. Übrigens – was halten die Leichenschänder bei dem werten Shanghai-Toten eigentlich von Fugu-Gift als Ursache?“

Bobby lachte: „Wir mußten zwei von den jungen Kerlen bei uns gegen Mittag nach Hause fahren, so kotzelend war ihnen vom Bai Gar. Nichts Gutes mehr gewöhnt. Verweichlicht mit diesem wäßrigen englischen Gin, oder sogar Cola mit Rum! Nein, Fugu war es nicht, das haben sie verläßlich festgestellt.“

Schade. Ich hatte vor einiger Zeit einmal mit einigen Morden zu tun gehabt, die auf das Gift des Kugelfisches zurückgingen. Ein ungeschickter Koch konnte das völlig unbeabsichtigt in eine Mahlzeit praktizieren, wenn er mit dem Messer beim Ausnehmen nur den geringsten Fehler machte.

„Also kein Fugu. Was war es dann?“

Bobby widmete sich einer Schale mit Litschis, die der Wirt ebenfalls auf den Tisch gestellt hatte. Er pellte eine ab, schälte sie mit den Zähnen vom Kern, und während er sie im Mund genußvoll hin und her wälzte, vertraute er mir an: „Die Schwierigkeit ist, daß sie keine Spuren gefunden haben. Alle bekannten Gifte hinterlassen Spuren. Hier gab es keine. Nur aus der Beschaffenheit bestimmter Organe und aus der Tatsache, daß der Mann nicht die geringste Wunde aufwies, nicht mal einen aufgekratzten Pickel, schlossen sie auf Gifttod. Und sie versicherten mir, es gäbe schon Substanzen, die derart spurenlos wirkten, daß es tatsächlich zuweilen nicht gelinge, eine exakte Bestimmung zu treffen."

„So eine Substanz müßte sozusagen mit Verzögerung gewirkt haben", machte ich ihn aufmerksam, „denn der Mann war ja bei bester Gesundheit, als er sich neben mich setzte. Und bis zur Anlegestelle wird er auch einen gewissen Weg gehabt haben."

„Vom ‚Mandarin Oriental' mit dem Taxi bis zur Anlegestelle, das sind ein paar Minuten, mehr nicht. Der Kasten liegt ja an der Amizade."

„Du sagtest, er habe bei ‚Henry's' gegessen?"

„Abendessen, am Tag zuvor, ja. Waren noch Reste im Magen. Außerdem hatte er eine Restaurantquittung bei sich. Muß ein Essen für zwei Personen gewesen sein, der Quittung nach."

„Dann hatte er vielleicht den Stiefbruder eingeladen ...", überlegte ich.

Henry's war keine üble Kneipe. Lag an der Republica, ziemlich weit draußen auf der Südspitze der Halbinsel, da wo man über die Praia Grande Bucht mit ihren unzähligen bunten Segeln bis hinüber zur Cavalho-Brücke sehen konnte, dem eleganten, ins Meer gesetzten Fahrdamm. Man hatte diese Szenerie im Blick, wenn man in dem komfortablen Glaskasten speiste, der den stolzen Namen Seaview Point trug. Tagsüber. Bei Dunkelheit verwandelte sich das Bild in einen Wirrwar vielfarbiger Lichter, die auf dem Wasser der Bucht tanzten. Manche Leute sagten, das sieht aus wie eine Festprozession zu Ehren Tin Haos, der Seefahrtsgöttin, oder wie ein Drachenbootfest, das sie zur Abwechslung mal bei Nacht feiern.

„Langsam wirkendes Gift“, sinnierte ich, während ich mir auch eine Litschi griff. Auf eine Litschi, vor der man fette Huntunsuppe gegessen hat, schmeckt ein Mao Tai wie der Kuß einer Seejungfrau.

Bobby Hsiang schien, was mich nicht überraschte, von Seejungfernküssen nicht die Welt zu halten, er murmelte nach einem sehr gesund klingenden Rülpser: „Langsam wirkend und spurenlos. Ich glaube nicht, daß es mit dem Abendessen verabreicht wurde. Vielleicht mit dem Frühstück. Er aß im ‚Mandarin Oriental‘ übrigens ein europäisches Frühstück, dafür hatte er auch eine Quittung in der Tasche. Spiegeleier, Toast, Mangosaft. Das übliche.“

„Und keine Spur von einem Anhaltspunkt? Ob es auf das Herz gewirkt hat, auf das Hirn, plötzlich, wie eine Injektion, oder schleichend, wie aus einer auflösbaren Kapsel?“

Bobby schüttelte den Kopf.

„Herzstillstand ist alles, was sie konstatiert haben. Wie bei Fugu. Nur daß sie Fugu hätten nachweisen können. Also scheidet Fugu aus.“

„Sehr aufschlußreich.“ Es hätte mich interessiert, was er nun zu unternehmen gedachte, um die Ermittlung in Gang zu bringen. Aber ich vermutete, daß sich da nicht viel tun würde. Keine Kriminalpolizei der Welt kann einen solchen Spezialfall sozusagen im Routineverfahren aufklären. Dazu braucht es Spezialisten. Und geduldiges Wühlen in allen möglichen und unmöglichen Bergen von Vermutungen. Dafür aber hatte wohl keine Kriminalpolizei der Welt genug Personal und Finanzen. Das waren Fälle, bei denen man nicht bloß auf Zeit setzte, sondern nicht selten auch auf die Umtriebigkeit Hinterbliebener, Verwandter.

„Hat die Shanghai-Dame dir angedeutet, was sie unternehmen will?“

„Deshalb wollte ich mich eigentlich von dir zu einem Essen einladen lassen ...“

Er grinste. Griff nach dem wieder gefüllten Schälchen mit dem Mao Tai, und als wir den Stoff unten hatten, sagte er, noch bevor ich ihm Verschlagenheit vorwerfen konnte: „Daß Emerson Choi dich engagiert hat, weiß ich ja. Und vorhin hat sich die Shanghai-Dame bei mir eingehend erkundigt, ob du verläßlich und leistungsfähig bist. Ich habe ihr deine besten Eigenschaften so farbig geschildert, daß ich nicht überrascht wäre, wenn sie dich heiratet. Aber vermutlich wird sie dich bloß engagieren."

Meine Annahme schien sich zu bestätigen. Wieder einmal. Wenn die Polizei nicht weiterkam, wenn sie sozusagen hängenblieb, und es gab da einen Privaten, der sich die Sohlen heiß lief für ein paar Dollar, dann sahen sie das sehr gern. Er arbeitete ihnen in die Hand, denn der Private war ja gesetzlich verpflichtet, Erkenntnisse, die polizeiverwertbar waren, an die Polizei zu übermitteln. Sonst konnte die ihm unter Umständen sogar wegen Zurückhaltung solcher Fakten erhebliche Schwierigkeiten mit seiner Lizenz machen. Ein glattes Geschäft für die Polizei. Aber es hatte auch seine angenehme Kehrseite für Private wie mich. Wir zogen einen Auftrag an Land, und wir wurden dafür bezahlt. Die Amtshandlungen und der Ruhm blieben zwar bei der Polizei, aber wir kassierten immerhin für den Auftrag. Ein Geschäft, bei dem eigentlich weder die Polizei noch der Private einen Nachteil hatte. Jeder profitierte, und zwar ohne daß man die geschriebenen Gesetze verletzte. Man umging sie nicht einmal, genau genommen.

„Ich habe ihr gesagt, wie sie dich erreichen kann", teilte mir Bobby mit. Wer so von weitem zusah, konnte uns leicht für zwei Geschäftsleute halten, die sich beiläufig während des Essens über einen Handel unterhielten.

Mit meinen Gedanken war ich inzwischen in Macao gewesen. Ich kannte mich da aus, seit meiner

Lehrzeit im Lisboa. Und ich hatte Freundc dort. Mir wurde bewußt, daß ich vor nicht allzu langer Zeit, als ich die Fugu-Morde dort bearbeitet hatte, ganz gut vorangekommen war. Da hatte auch Gift eine Rolle gespielt. Wenngleich – Fugu, wie damals, schloß die Polizei aus, und ihr Labor war gewiß gut.

Ich sagte mir, daß es vielleicht am besten wäre, die Nachforschungen dort in der portugiesischen Kolonie zu beginnen. An den Orten, wo sich Choi Lam aufgehalten hatte, bei den Leuten, die er traf.

Der Wirt, der schon wußte, daß wir ganz gern noch einen Mao Tai auf die alten Zeiten trinken würden, war mit der irdenen Flasche an den Tisch getreten und lauerte auf ein Zeichen.

Bobby gab es. „Die Runde geht auf mich", verlangte er großzügig.

Ich legte keinen Protest ein. Spendierfreudige Beamte soll man nicht zu bremsen versuchen. Bobby hatte sich, so überlegte ich, lange damit schwergetan, mir nicht mehr seine Bastos anzubieten, freigebig wie er war. Dabei vertrieb der Qualm der Dinger sogar die Fliegen, die es in einer Kneipe gab. Warum sollte er nicht auch plötzlich, wenngleich nach längerem Nachdenken, sein Spenderherz wiederentdecken und Mao Tai ordern!

Als ich in Aberdeen ankam, war von den Folgen des letzten Mao Tai nichts mehr geblieben. Zuerst entdeckte ich Lum. Der kleine Gauner hüpfte unter einer Laterne von einem Fuß auf den anderen, schwenkte die Arme und schraubte dabei den Bauch wie eine dieser Tänzerinnen, die man nackt auf den Drehscheiben der Peep-Bühnen sehen kann, für einen Dollar, bis die Klappe fällt.

Wenn der Kleine sich derart auffällig benahm, gab es einen Grund. Ich fuhr ein Stück weiter und bugsierte den Toyota in eine Lücke, die gerade entstanden war. Es dauerte nur Sekunden, dann war der Knirps mit den Segelohren bei mir und tat so geheimnisvoll, daß ich die linke Tür öffnete und ihn einsteigen ließ.

Er war aufgeregt, aber er konnte mich trotzdem schnell und präzise warnen: „Da vorn steht ein kleiner Ford. Blau. Leihauto von Avis. Dahinter ein Mazda. Schwarz. Die beiden Kerle in dem Mazda haben etwas gegen die Fahrerin des Ford vor ..."

Einen Augenblick lang war ich versucht zu fragen, was das wohl mich anginge. Aber dann dämmerte mir, daß die Shanghai-Lady einen Ford gefahren hatte, von Avis gemietet, was aus einem Reklameschild an der Fahrertür abzulesen war. Diesen kleinen blauen Ford hatte ich noch vage in Erinnerung, als ich zusah, wie sie an der Leichenhalle abfuhr. Mrs. Choi. Oder?

„Ich habe sie nicht gefragt, wie sie heißt", quengelte der Junge. Dann beschrieb er sie: „Es war vor einer Stunde. Sie stieg aus und ging zu Ihrem Büro, wahrscheinlich traf sie dort Herrn Wu. Hinter ihrem Auto war kein Platz mehr. Der Mazda mit den zwei Kerlen drückte sich zuerst eine Weile herum, dann stieg einer aus und gab dem Lastwagenfahrer, der hinter dem Ford Schlafpause machte, einen Schein. Darauf fuhr der weg, und der Mazda schlüpfte genau hinter den Ford. Die zwei Kerle lauern auf etwas, das rieche ich. Vermutlich auf die Frau, die bei Ihnen im Büro sitzt."

„Ist sie klein? Zierlich?"

Er nickte. „Ja. Haare mit Knoten, wie die Eierfrauen auf dem Markt in den New Territories. Nur daß sie nicht von dort kommt. Das sieht man ihr an. Brille, nicht sehr modern. Wenn Sie mich fragen – die sieht aus wie jemand aus Kanton."

Ich fischte mein Handy aus der Tasche und den Zettel, auf dem ich die Telefonnummer von dem Block in Tsuen Wan notiert hatte, in dem Mrs. Choi wohnte. Auf meinen Ruf meldete sich die Hausmeisterin im Erdgeschoß des Wohnturmes.

„Mrs. Choi ist ausgegangen“, erfuhr ich. „Der Schlüssel hängt hier.“ Ob sie etwas ausrichten könne. Ich klappte das Gerät wieder zu. Aber nach einer kurzen Überlegung klappte ich es wieder auf und wählte eine Nummer, die ich von Bobby einmal bekommen hatte. Zu Lum sagte ich: „Das Kennzeichen von dem Mazda!“

Ich hatte mich in dem kleinen Kerl nicht getäuscht, er hatte selbstverständlich die Nummer im Kopf. Während ich noch darüber nachdachte, daß es eigentlich eine blutige Schande war, daß so ein pfiffiger, gelehriger Junge mit einem Intelligenzquotienten, den die Kinder des Polizeipräsidenten vermutlich nach sechs Universitätssemestern noch nicht aufweisen würden, so ohne Bildung auf der Straße herumlungern mußte, meldete sich die bekannte Stimme in der Verkehrsabteilung.

„Lim Tok“, sagte ich.

Der andere begrüßte mich mit freundlicher Zurückhaltung. Das hieß nicht, daß er mich abweisen wollte, zumal ich gleich erklärte, ich riefe im Auftrag von Bobby Hsiang an, er nahm sich nur in acht vor mithörenden Kollegen.

Ich gab ihm die Nummer, und er sagte artig, wie es den etwaigen Abhörern als vorbildliche Ausführung der Diensttätigkeit gefallen würde: „Einen Augenblick, Inspektor, ich sehe sofort nach.“

Ja, Lum war völlig sich selbst überlassen. Weil er nicht nur keine reichen Eltern hatte, sondern gar keine. Immer wenn ein Politiker auf einen solchen Sachverhalt hingedrängt wurde, trompetete er prompt heraus, daß es schon unverantwortlich sei, wenn nicht weit von dem großen Reichtum, den man in Hongkong sehen konnte, Leute einfach auf der Straße leben mußten. Als wenn nicht eben diese

Politiker die Kolonie regierten, sondern eine Horde Marswesen!

„Inspektor!“ riß mich die Stimme des Verkehrsmenschen aus meinen Gedanken. „Das Fahrzeug ist für die Firma Air-Sea-Dreams zugelassen. Adresse ist die Hung Hing Road 82. Das ist hinter den Wanchai Piers, in der Nähe vom Spielplatz.“

„Danke, Sir“, sagte ich möglichst amtlich, für den Fall, daß tatsächlich jemand mithörte.

Die Firma Air-Sea-Dreams kannte ich. Dort wurde alles verkauft, was man für die verrücktesten Wassersportarten brauchte, die in den letzten Jahren aufgekommen waren. Etwa für das Drachenflügelsegeln mit Motorbootzug.

An vielen Stellen an der Küste wurde das ausgeübt. Einer dieser schnellen Motorflitzer zog den Sportler nach einem kurzen Anlauf vom Strand weg an seinen Drachenflügeln in die Luft, und dann ging die Reise so lange wie er Lust hatte an der Küste entlang, bis er ausklinkte und am Strand landete oder im Wasser.

Nicht gerade mordsgefährlich, wie das Bungeespringen, bei dem sich wenigstens dieser oder jener das Genick brach, aber dafür teuer.

Neben dem Drachenflügelsegeln befaßte sich die Firma Air-Sea-Dreams aber auch noch mit dem Tauchen, dem Abhalten von Segelkursen, und außerdem konnte man da von der Hochseeyacht bis zur nichtrostenden Schraube alles kaufen oder leihen, was mit Wassersport zu tun hatte. Etwas teurer als anderswo, aber dafür hatte Air-Sea-Dreams den Hauch des Exklusiven. Und wenn man als Unerfahrener auf einem gemieteten Segelboot eine Fahrt in unbekannte Fernen unternehmen wollte, stellte die Firma einen routinierten Bootsführer. Auf Wunsch weiblich.

„Junge Männer?“ fragte ich Lum zur Sicherheit nochmals. Der Junge nickte.

„Keine fünfundzwanzig. Der eine sieht aus wie Charly Chan in seinen Schülerjahren."

Der Hinweis auf den Karate-Filmstar nutzte mir nicht viel, aber er ließ darauf schließen, daß der Bursche nach Meinung von Lum nicht ganz ungefährlich schien.

Ich ging ein paar Schritte durch das Gewimmel am Straßenrand, bis ich den Mazda sehen konnte. Lums Beschreibung war exakt gewesen.

Ich entschloß mich, erst einmal zur Cameron Street hinüberzugehen, ins Büro, wo vermutlich Mrs. Choi wartete. Und ich hatte mich nicht getäuscht. Sie begrüßte mich mit der Eröffnung, Inspektor Hsiang habe ihr beschrieben, wo sie mich erreichen könne. Und noch bevor ich mich erkundigen konnte, was ihr Anliegen sei, legte sie schon los: „Mister Lim Tok, ich möchte, daß Sie mich begleiten, wenn ich nach Macao fahre, um den Stiefbruder meines Mannes aufzusuchen. Sicherheitshalber ..."

Von dem Schreibtisch, an dem Bewährungshelfer Wu residierte, wenn er ein Gespräch mit einem Klienten führte, kam Lärm. Ich wollte meinen Augen nicht trauen, aber es war tatssächlich Wanda, die dem peinlich berührten Wu in ihrem holperigen Englisch eindringlich und lautstark versicherte, sie wäre ja gar nicht anschaffen gewesen, als man sie griff, sie habe vielmehr nach einer Freundin Ausschau gehalten, aber die Hongkonger Sitte ...

„Würden Sie bitte einen Augenblick warten", bat ich Mrs. Choi Tse-min und schob ihr einen Stuhl hin. Sie setzte sich.

Wanda, die Straßenprostituierte, der es immer noch schwer fiel, sich an die in Hongkong herrschenden Gepflogenheiten zu gewöhnen, hatte mich auf eine Idee gebracht. Sie war vor einiger Zeit aus Rußland hierhergekommen und konnte ihren erlernten Beruf als Lehrerin nicht mehr ausüben. Wollte das wohl auch nicht. Nach einigen Kämpfen um soziale Hilfe gab ihr jemand den Tip, anzuschaffen.

Dafür war Wanda blendend geeignet. Sie hatte eine üppige Figur, kräftige Beine und ein von maisblondem Haar eingerahmtes Bauerngesicht, eine Kombination, die hier leicht Interessenten fand. Sie bekam schnell heraus, daß gerade die Hongkonger Gentlemen, und zwar die einheimischen, nicht die britischen, auf eine Frau von ihrer Beschaffenheit flogen.

Als sie das begriffen hatte, schlug sie alle Warnungen in den Wind, die Hongkonger Sitte habe etwas gegen Straßenläuferinnen – sie wollte nicht in einen der Salons, auch nicht in eine Bar, sie wollte unabhängig sein. Die Folge davon waren wiederholte Aufenthalte in Hongkongs sicherstem Gästehaus, wodurch sie bei den Behörden bekannt wurde und sich den Ruf einer Unverbesserlichen erwarb, aber auch den einer im Grunde warmherzigen jungen Frau. Daran änderte sich nichts, auch wenn sie bei manchen Gelegenheiten, die ein ruhigesWort vertragen hätten, zu keifen anfing. Und wenn Wanda keifte, erwies sich das als ein Ereignis.

„Hallo, Süße!“ sagte ich, gab ihr die Hand und kassierte einen schmachtenden Blick.

Ich bedeutete Wu, meinem Büroteilhaber, ich hätte mit Wanda etwas sehr Privates zu bereden, und dann zog ich sie in die Sitzecke, wo schon Mrs. Choi auf ihrem Stuhl wartete.

Zehn Minuten später, nachdem mir Mrs. Choi versichert hatte, sie habe nichts davon gemerkt, daß sie hierher verfolgt worden sei, hatten wir ein Szenarium ausgeheckt, das ich nur noch Lum erklären mußte, der vor der Tür wartete, weil er sich ungern den Belehrungen des Bewährungshelfers Wu aussetzte.

Ich schickte ihn los, um ein paar Leute zu mobilisieren, für Lum eine Kleinigkeit. Vor allem wollte ich möglichst viele von den Marktweibern dabei haben, die an ihren Gemüse- und Obstständen auf Käufer warteten, rings um die Anlegestellen und überhaupt an jeder nur möglichen Ecke. Marktweiber können ganze Bataillone von Polizisten in Bedrängnis bringen, wer wußte das besser als ich! In meiner lange zurückliegenden Polizistenzeit hatte es genügend Beispiele dafür gegeben. Und hier ging es nicht einmal um Polizisten.

„Du sagst ihnen, sie sollen Tomaten schmeißen“, schärfte ich Lum ein. „Die von gestern und vorgestern, die schon etwas angegangen sind, die eignen sich am besten. Notfalls bezahle ich nachher etwas dafür. Ramschpreis, klar?“

Er war mit Feuereifer bei der Sache. Was jetzt kam, war für Lum ein Vergnügen besonderer Art. Und auch Wanda willigte, nachdem sie sich meinen Plan angehört hatte, gern ein, zumal ich ihr gleich einen Schein zusteckte, der etwa zwei Kunden mit Normalbedürfnissen aufwog.

Mrs. Choi schüttelte mehrmals den Kopf, als wir die Sache ausheckten, und man hätte denken können, sie käme nicht aus Shanghai, sondern aus einem katholischen Kloster, aber ich brachte sie mit dem Hinweis zum Nachdenken, daß in Hongkong eben noch nicht die Gesetze der verschiedenen Steuermänner galten, sondern vorerst noch der Beißwettbewerb der freien Marktwirtschaft im Gange war.

„Und der verlangt besondere Maßnahmen. Oder wollen Sie nicht, daß die Leute, die auf Sie lauern, das Gesicht verlieren?“

Sie wollte. Und sie versprach, sich im Hintergrund zu halten.

Was Wanda in den nächsten Minuten leistete, gehört zu den großen komödiantischen Meisterleistungen der Weltgeschichte. Sie schlenderte mit schwingenden Hüften erst einmal an dem Mazda vorbei, blickte dann zurück, tat so, als entdecke sie erst jetzt die beiden jungen Männer, kehrte um und bückte sich in das herabgelassene Beifahrerfenster.

„Hallo, Jungens, machen Wacko-Wacko, ganz viel gut, große Klasse ... Tagtarif ... he?"

Sie hatte eine laute, helle Stimme, und ihr Akzent war eine Kabarettnummer für sich. Die Marktweiber wurden aufmerksam, als einer der jungen Männer brüllte: „Hau ab, Langnasensau!"

Als hätte sie auf diese Provokation gewartet, keifte Wanda zurück: „Stinkendes Rassistenschwein! Daß dich deine Mutter ...! Kriech zurück, woher du kommst, schwules Stück Eseldung! Du auch, da drüben, auf dem Sitz! Ihr seid ja perverser als man es in Büchern liest, nicht mal eine Rolle am Nachmittag haltet ihr aus, ihr Kinderschänder ..."

Ein paar Obstweiber bogen sich vor Lachen über die holperige und doch so blumige Sprache der Russin. Ahmten sie nach. Fußgänger blieben stehen und hörten grinsend zu. Wanda und den Obstweibern, abwechselnd.

Bis dann dem Beifahrer im Mazda die Nerven durchgingen. Er sprang heraus, in der Hand eine zusammengefaltete Zeitung, mit der er auf Wanda eindrosch, er schlug ihr den Wisch ins Gesicht, daß man trotz der Straßengeräusche vermeinte, es klatschen zu hören.

Wanda schlug zurück. Sie hatte ein kleines Täschchen bei sich, das wedelte sie dem Angreifer um die Ohren. Schimpfte dabei auf russisch und englisch abwechselnd, so daß die Marktweiber sich empörten, weil sie zumindest die russischen Ausdrücke für Hilferufe hielten.

Aus den Augenwinkeln nahm ich wahr, wie Lum eine halbierte Melone in den Auspuff des Mazda drückte und darin stecken ließ.

Wanda schlug indessen immer noch zurück, daß die Leute vor Vergnügen johlten. Lum kreischte erstaunlich laut in das allgemeine Durcheinander: „Haut die schwulen Autodiebe! Immer auf die Labonza!“

Da sprang der Fahrer aus dem Mazda und versuchte, sich Lum zu greifen.

Aber er hatte sich total überschätzt. Lum war schneller als er und wendiger. Er lockte ihn zwischen die Obststände, und wie auf Verabredung schmissen jetzt die Marktweiber angegangene Tomaten und schon zu weiche Kiwis auf die zwei Burschen und ihr Auto.

Das Tohuwabohu war vollständig. Vorbeifahrende Autos hielten an, von den Piers liefen Leute herbei, um zu sehen, was da los war. Der Krach war nicht mehr zu überbieten, und solch ein Krawall gehörte zu den erhabensten Erlebnissen der Hongkonger Marktweiber, der Marktbesucher, der Leute überhaupt, die sich um diese Zeit in der Gegend befanden.

Mrs. Choi stand reglos neben mir und blickte auf das Geschehen, wie man auf eine Leinwand blickt, über die ein Film flimmert.

Der Fahrer kam, weil er Lum unbedingt greifen wollte, einem Stand zu nahe, und eine Hakka-Frau, die ich kannte, weil sie vorzügliche hundertjährige Eier anbot, drosch ihm ihren Abakus über den Schädel, daß die Kugeln in die Gegend flogen.

Sie benutzte das Ding ohnehin nicht mehr wirklich zum Rechnen, da hatte sie ein Solarzellengerät in Spielkartengröße bei sich – der Abakus diente zur Dekoration. Jetzt war er kaputt, und das machte die Hakka-Frau noch wütender als sie schon darüber war, daß hier zwei kräftige junge Männer eine Frau schlugen und einen kleinen Jungen jagten. Sie holte mit dem Gerippe des antiquierten Rechenbretts immer wieder aus, bis der Fahrer schließlich die Flucht ergriff.

Er verkroch sich im Auto und hupte verzweifelt. Sein Kumpan begriff, daß die Show zu Ende war und flitzte ebenfalls aus dem Getümmel zurück auf den Beifahrersitz. Aber so sehr der Fahrer sich auch abmühte, den Motor zu starten, es klappte nicht.

Bei einem mit einer Melone zugestopften Auspuff ist das nicht verwunderlich, aber davon wußten die Burschen eben nichts. Und so gaben sie schließlich zermürbt auf, stürzten aus dem Wagen und liefen durch das Spalier der wütend schimpfenden und immer noch mit leicht angegangenem Obst und Gemüse werfenden Weiber davon.

Wanda brüllte einen letzten russischen Fluch hinterher. Lum bekam von der Frau mit dem Abakus eine Handvoll Pistazienkerne, weil er inzwischen die Rechenkugeln zusammengesucht hatte und ihr anbot, das Ding zu jemandem zu schaffen, der es reparierte.

Ich entdeckte Wu, der fassungslos zu Wanda lief und auf sie einredete. Aber die Russin grinste vergnügt, blinzelte mir zu und fragte: „Gut so?"

„Hervorragend!" lobte ich sie.

Mrs. Choi sah mich belustigt an und bemerkte lakonisch: „Reife Leistung. Sie könnten als Politiker Karriere machen!"

Obwohl ich sogleich erschrocken abwinkte, ging mir der Gedanke durch den Kopf, daß sie das erste Wesen aus dem Mutterland war, bei dem ich so etwas wie eine Spur von Humor entdeckte. Vielleicht sah die Zukunft nach der Einvernahme der Kolonie ja doch nicht ganz so düster aus, wie manche Leute es befürchteten. Weil mit Humor eine Menge harter Stöße zu dämpfen sind.

Ich forderte Mrs. Choi auf: „Steigen Sie in Ihren Wagen. Ich nehme den bekleckerten Mazda. Sie fahren immer hinter mir her. Es geht nach Wanchai, in die Hung Hing Road. Falls Sie mich aus den Augen verlieren, das ist am Hafen. Nummer 82. Sie blciben hinter mir stehen. Steigen nicht aus. Mischen sich nicht ein, was immer auch geschieht. Wenn ich aus dem Haus komme, in dem die Firma Air-Sea-Dreams residiert, werde ich zu Ihnen ins Auto steigen, und dann sage ich Ihnen, wie wir weiter vorgehen. Komme ich nicht heraus, nach, sagen wir einer Stunde, benachrichtigen Sie Mister Bobby Hsiang ..."

Ich gab ihr mein Handy und machte sie aufmerksam, daß Bobbys Nummer eingespeichert war.

Lum hatte den Auspuff des Mazda inzwischen wieder „entkorkt". Wir fuhren los, während sich die Leute langsam wieder beruhigten.

5. Kapitel

Es waren nur etwas mehr als vier Kilometer, aber das ist für Hongkong am Spätnachmittag eine Strecke, die einem sehr lang vorkommt. Obwohl wir ein Stück Schnellstraße nutzen konnten, verging noch eine Stunde, bis wir endlich an der Kreuzung der Gloucester Road anlangten.

Mrs. Choi war eine überraschend gute Autofahrerin, nicht einmal an der Tunnelbaustelle hatte sie sich von meiner hinteren Stoßstange abdrängen lassen.

Es war die Zeit kurz vor Feierabend. Auch Air-Sea-Dreams lief nicht mehr auf vollen Touren, das sah ich, als ich mit gewollt elegantem Schwung die Halle betrat, deren Wände voller bunter Plakate mit prallen Mädchenfiguren unter Fallschirmen oder Drachensegeln, mit der Darstellung jeder möglichen Art von Wassersport und Luftsport überhaupt behängt waren. Das weniger wichtige Personal schien bereits gegangen zu sein. Im Hintergrund, in einem Glasverschlag, saß ein Mann, der bei meinem Eintritt neugierig aufblickte.

Ich mußte unwillkürlich denken „Herr in Aspik", was mich zu einem Grinsen verleitete, das er offenbar für einen freundlichen Wink hielt, denn er kroch aus seinem Aspik heraus, zupfte sich eine Krawatte mit den Darstellungen einiger Dutzend Kreuzungen zwischen Maus und Mensch zurecht und kam mir entgegen.

Er grinste nicht. Das Gesicht zeigte überhaupt keine Regung. Man sollte sehen, daß er der Chef war. Chefs grinsen nicht, sie lächeln. Aber das auch nur bei besonderen Anlässen.

Mister Tsa Ping sei er, ließ er mich wissen,nachdem ich mich fröhlich lächelnd als Privatdetektiv mit meinem guten Namen vorgestellt hatte, in der kalkulierten Absicht, ihn zu etwas zu verleiten, von dem ich noch nicht genau wußte, was es wohl sein würde.

„Bedaure, aber unser Ladengeschäft ist schon geschlossen", bemerkte er unnötigerweise, denn das hatte ich bereits gesehen. Er machte nicht ganz den Eindruck eines Mannes, der gern noch Umsatz machen würde, aber das schenkte ich ihm – er sollte mich als unvorsichtigen, vorlauten und im übrigen arglosen Pfiffikus mit wenig Hirn registrieren, das würde mir die Sache erleichtern.

Also trompetete ich, während ich seine Hand schüttelte: „Sir, ich bin mit Ihrem Auto da! Überraschung, wie? Ja, ich muß erklären, in der Gegend, in der es in Aberdeen stand, kennt mich jeder, auch meinen Beruf, und die Leute erzählten mir, da seien zwei junge Burschen mit diesem Mazda angekommen, hätten ihn fluchtartig verlassen, als wenn sie eine Bombe unter dem Sitz entdeckt hätten, und dann stand eben das Auto da. Ziemliche Zeit. Bis ich kam. Da machten mich Leute aufmerksam. Ich wohne da, müssen Sie wissen. Ja, also eine Bombe ist nicht drin gewesen, da dachte ich, am besten bringe ich es dem Eigentümer gleich zurück, denn er wird es ja vermissen, stimmt doch, nicht wahr? Ein Jammer mit diesen One-Ride-Boys heutzutage! Machen eine Spritztour mit einem geklauten Mazda und lassen ihn einfach stehen ... schlimme Zeit ..."

Ich hätte noch gut eine Viertelstunde weitersprudeln können, genau auf diese Art wollte ich mich präsentieren, aber er sorgte für eine Unterbrechung: „Eh ... verzeihen Sie, darf ich erfahren, wie Sie auf mich als Eigentümer gekommen sind? Ich meine, da ist keine Anschrift in dem Fahrzeug ..."

„Aber – Ihr Mazda ist doch abgängig, oder?"

„Ja, ja, schon ..."

Ich setzte sofort wieder mein gewinnendes Trottelgrinsen auf: „Sehen Sie, das Wie und Was gehört eben zu meinem Beruf! Stellen Sie mir ein Auto hin, irgendeines, egal welche Marke – zwanzig Minuten später weiß ich, wem es gehört! Ein verlorenes Kind bis zwölf Jahre – halbe Stunde! Ich bin ein großer Ermittler, Sir, eh ... Tsa Ping! Freut mich, daß ich Ihnen helfen konnte ..."

Er drehte sich einfach um und ging in den Glaskasten, kramte in einer Schublade, kam mit einem grünen Schein zurück und steckte ihn mir zusammengefaltet zu. Etwa die Summe, die ich ausgegeben hatte, um Wanda für ihre Meisterleistung zu bezahlen.

„Danke Mister ...", sagte er dabei.

„Lim Tok, Sir. Aberdeen. Weil auf dem Wasser wohnhaft, zu erreichen an Land in meinem Büro in der Cameron Street."

Ich griff in die Hemdtasche und überreichte ihm mit einer Verbeugung meine Geschäftskarte.

Während er einen Blick darauf warf, schnatterte ich sofort wieder los: „Es ist ... eeh ... ich dachte, Sie könnten vielleicht Interesse daran haben, daß ich die beiden jungen Männer für Sie ausfindig mache ... wenn das so sein sollte, würde ich ..."

„Danke", sagte er akzentuiert. „Ich werde mich an Sie wenden, falls ich Sie brauchen sollte. Das ist im Augenblick nicht der Fall. Sie haben, wenn ich recht verstehe, die beiden Männer nicht selbst gesehen?"

„Ich habe eine genaue Beschreibung, Sir!" grinste ich ihn an. „Und – ein Amateur, der mit einer Videokamera das Hafenpanorama filmte, hat sie beide auf seinem Band. Ich habe seine Adresse in meinem Büro. Es wäre nur eine Sache von ein paar Tagen, dann könnte ich sie Ihnen präsentieren, die beiden jungen Männer, meine ich. Ich berechne Ihnen einen Vorzugspreis ... Sagen wir fünfhundert Dollar für den 24-Stunden-Service und alle Spesen über fünfzig Dollar extra. Wenn Sie einverstanden sind, könnten wir gleich noch eine Abmachung ..."

Wieder sagte er, ohne eine Miene zu verziehen: „Danke, Mister Lim ... Tok. Wie ich schon sagte, falls ich Sie brauchen sollte, hören Sie von mir ... Der Wagen steht draußen?"

„Vor dem Eingang, Sir!" Ich strahlte ihn an.

Er mußte mich für den Zwillingsbruder von Jack Lemmon in einer seiner trotteligsten Rollen halten. Oder? Ich baute darauf, daß er trotzdem aus natürlichem Mißtrauen heraus wenigstens einen Blick hinter mir her werfen würde, wenn ich mich entfernte. Und ich behielt recht.

Er begleitete mich zum Ausgang der Halle, die mir etwas zu modernistisch war, um bunte Plakate an den Wänden zu haben – aber das war Geschmackssache. Draußen ging er an sein Auto, den dunklen Mazda heran, begutachtete es von allen Seiten, als ob er nach einem Schaden suche.

Ich nahm die Gelegenheit wahr, mich zu empfehlen: „Also, Sir – ich habe da eine Freundin, die nimmt mich mit zurück. Ich hoffe, von Ihnen zu hören! Stets zuverlässiger Service! Und – es ist doch wahrlich nötig, daß solchen Dieben das Handwerk gelegt wird, oder? Was soll denn aus diesen Burschen werden, wenn sie einmal Männer sind? Unsere Polizei ist da viel zu lasch ..."

Täuschte ich mich, oder warf er einen verblüfften Blick hinüber zu Mrs. Choi, die auf der anderen Straßenseite in ihrem Ford saß, wie verabredet, und die so tat, als sähe sie weder mich noch Mister Tsa Ping?

Ich stieg neben ihr ein, nicht ohne noch einmal zurückgewinkt zu haben. Mister Tsa Ping von der Air-Sea-Dreams stand da immer noch, guckte uns hinterher, als habe er seine Erbtante gesehen, mit einem Mann, den sie zu heiraten drohte. Sicher suchte er verzweifelt in den Falten seins Hirns nach einer Erklärung.

Es dauerte mehr als zwei Stunden, bis wir an dem Apartment House anlangten, in dem Mrs. Choi logierte. Eine weitere halbe Stunde verging, bis ich Bobby Hsiang über das Handy erreicht hatte.

Ich sagte ihm, wo ich war, und dann: „Ich brauche einen Posten vor das Apartment House von Mrs. Choi. Wenn du selbst mitkommst, erkläre ich dir, weshalb."

Ich mußte lange warten, denn inzwischen schlossen die Büros und Handelshäuser in der Innenstadt, und nahezu die Hälfte aller Leute, die dort beschäftigt waren, strebten per Auto den Außenbezirken zu. Die Zeit für Selbstmörder.

Das Blaulicht und die Sirene wollte Bobby nicht einschalten, genau genommen durfte er es auch gar nicht. Weil keine akute Gefahr gegeben war, besagten die Vorschriften, daß er ohne Signale zu fahren habe. So quälte er sich durch den Verkehr und kam noch mürrischer in Tsuen Wan an, als er es üblicherweise war.

Er hatte einen uniformierten Polizisten bei sich, der sogleich vor dem Apartment der Mrs. Choi Posten bezog. Sie war davon nicht gerade begeistert, aber sie sah schließlich ein, daß es ihrem Schutz dienen sollte.

Wir setzten uns im Erdgeschoß in eine Cafeteria und tranken zunächst ein Bier. Mrs. Choi probierte auf meinen Rat hin die berühmte gelbe Limonade und bestätigte mir danach unverlangt, ich hätte den Geschmack eines Yangtse-Schiffers.

Als ich Bobby Hsiang, der darüber unverschämt grinste, dann berichtete, was vor sich gegangen war, runzelte er die Stirn, griff in die Jackettasche und zog sein Notizbuch hervor. Als ich zu Ende war, sagte er: „Air-Sea-Dreams. Das ist die Firma von Victor Choi in Macao. Mit der Niederlassung bei uns, in der Hung Hing, in Wanchai ..."

Ich muß ein ziemlich dummes Gesicht gemacht haben, denn Bobby grinste wieder. Um die Sache erträglicher zu machen, bemerkte ich: „Darauf hätte ich eigentlich kommen müssen. Ich war in der Hung Hing. Aber ich kannte den Namen des Unternehmens in Macao nicht."

„Wir kannten ihn auch nicht", sagte Bobby. „Jetzt kennen wir ihn. Air-Sea-Dreams. Ich habe mit Mister Emerson Choi telefoniert. Nicht einmal ihm war bekannt, daß sein Sohn Victor außer dem Unternehmen in Macao noch das in Wanchai betreibt."

„Das will etwas heißen!" fand ich.

„Und was halten Sie daran für interessant?" Zum ersten Mal mischte sich Mrs. Choi in unser Gespräch.

Bobby gab ihr gedehnt Auskunft: „Mister Emerson Choi ist in einer Position, in der ihm die Art und Weise der Unternehmungen seines Sohnes Victor eigentlich nicht verborgen bleiben sollte. Aber, nun ja, Mrs. Choi, die Sache ist eher rätselhaft als interessant. Ihr Mann, Choi Lam ist ermordet worden. Das steht fest, obwohl wir den Auslöser des Todes noch nicht benennen können. Nur daß es aller Wahrscheinlichkeit nach ein verzögert wirkendes Gift war, das vom Körper sehr schnell völlig absorbiert wurde, und deshalb schwer nachweisbar ist. Ihr Gatte kam aus Macao. Er hatte seinen Stiefbruder Victor besucht, den Betreiber von Air-Sea-Dreams. Es ging, wie Mister Emerson Choi uns wissen ließ, um die Weiterführung des väterlichen Unternehmens, aus dem sich der alte Herr zurückziehen will. Victor Choi läßt in Hongkong eine Filiale seiner Firma Air-Sea-Dreams betreiben. Und just aus dieser Filiale stammt das Auto, in dem zwei Kerle sitzen, die Sie beobachten, während Sie Nachforschungen über die Todesursache bei Ihrem Gatten anstellen ... Eigenartig, nicht wahr?“

Es war eine der längsten Reden, die ich von diesem einsilbigen Burschen je gehört hatte. Als er Luft holte, sagte ich: „Und der Chef der Filiale weiß von nichts. Angeblich. Hatte grade mal gemerkt, daß sein Auto weg war ...“

„Eben“, vollendete Bobby, „das macht die Sache rätselhaft.“ Er wurde einigermaßen amtlich, als er sich an Mrs. Choi wandte. „Ich muß Sie warnen. Sie befinden sich offenbar in Gefahr.“

„Nur weil ich hierher gekommen bin? Weil ich wissen möchte, warum mein Mann getötet wurde?“

Sie sah mich an: „Mister Lim Tok, sind Sie bereit, mich morgen nach Macao zu begleiten?“

„Selbstverständlich“, sagte ich sofort zu.

„Nun gut. Dann werde ich meinen Schwager dort aufsuchen. Victor Choi. Ich denke, mit seiner Hilfe werden wir der Lösung dieses Rätsels ein wenig näher kommen.“

Sie war eine resolute Frau, das war mir schon klar geworden, kurz nachdem ich sie kennengelernt hatte. Jetzt erinnerte sie mich daran, und Bobby Hsiang auch. Sie erhob sich und nickte uns zu: „Gute Nacht, meine Herren. Dank für die Umsicht, mit der Sie mich beschützen. Sie werden verstehen, daß ich etwas Ruhe brauche, der Tag war höllisch anstrengend für mich."

Ich konnte ihr gerade noch zurufen: „Ich hole Sie morgen nach dem Frühstück ab!" Dann war sie in der Halle verschwunden.

„Tja ...", machte Bobby, „die Sache gefällt mir nicht."

Natürlich, sie konnte ihm nicht gefallen. Wer immer hinter den Ereignissen steckte – er brauchte nur Mrs. Choi zu erwischen, und die Behörden des Mutterlandes würden der Hongkonger Polizei die Hölle heißmachen. Zu manchen Zeiten lauerten sie geradezu auf einen solchen Zwischenfall, um daran eine Propagandaaktion hochzuziehen.

„Ein Wunder, daß sie es nicht schon wegen Choi Lams Tod getan haben!" meinte Bobby. Er ließ unerwähnt, daß die Hongkonger Polizei gar nicht das Personal hatte, eine einzelne Person in einer solchen Bedrohungssituation ausreichend zu schützen. Aber das wußte wohl auch Emerson Choi, und deshalb hatte er mich engagiert.

„Und die Spezialisten haben immer noch keine Vorstellung von der ominösen Substanz, die Choi Lam tötete?"

Bobby schüttelte den Kopf. Sagte dann trübe: „Sie haben eine Versuchsreihe nach der anderen gemacht. Nichts. Aber sie machen weiter. Jetzt hat sie der Ehrgeiz gepackt. Wie willst du morgen in Macao vorgehen?"

Ich hatte darüber selbst noch nicht so richtig nachgedacht. Hatte kein präzises Marschprogramm. Nur daß ich Victor Choi aufsuchen wollte, zusammen mit seiner Schwägerin, das konnte ich Bobby ankündigen.

Als er mich später im Polizeiwagen bis zum Zentraldistrikt mitnahm, von wo ich in einem Streifenfahrzeug auf Routinetrip nach Aberdeen mitfahren könnte, wie er mir versicherte, vertraute ich ihm an: „Von allem was ich morgen mache, weiß ich nur eins jetzt schon genau – ich werde meinen Revolver diesmal einstecken, was ich sonst meist unterlasse. Diesmal scheint es mir angebracht."

Er sagte nichts dagegen. –

6. Kapitel

Als ich aufwachte, weil in unmittelbarer Nähe meiner Dschunke einer dieser wildgewordenen Angeber mit einem Motorboot vorbeibrauste, der zwar das teure Boot hatte bezahlen können, nicht aber wohl einen vernünftigen Schalldämpfer für den Auspuff, merkte ich, daß Pipi, meine Freundin, sich schon still davongemacht hatte. Frühschicht im Hotel Excelsior, am Empfang, wo man sie wegen ihrer umwerfend freundlichen Art schätzte. Wie ich übrigens auch.

Sie hatte ihre eigene Technik, um an einem solchen Morgen von meiner in der Bucht verankerten Dschunke an Land zu gelangen.

Drüben an den Piers lungerten immer ein paar Walla-Wallas herum, diese kleinen Knatterfahrzeuge, die der feine Mensch, der Hongkong zum ersten Mal besucht, auch als Wassertaxis bezeichnet findet. Pipi benutzt einen Spiegel, um einen dieser Flitzer anzufordern. Sie fängt damit das Licht der eben aufgehenden Sonne ein und lenkt den Strahl auf das Gesicht eines der Walla-Walla-Kerle. Mehr ist nicht zu tun – der Angeblinkte steuert sofort meine Dschunke an und bringt Pipi an Land, wo sie ihr Auto stehen hat, gegenwärtig einen kleinen Austin, mit dem sie dann nordwärts zu ihrem Hotel rollt. Nachdem es ihr gelungen ist, einzusteigen. Fachleute sagen, dazu bräuchte man eigentlich einen Schuhlöffel. Sie schafft es meist ohne fremde Hilfe. Auf dem Weg kommen dann die üblichen Unterbrechungen, versteht sich, der Hongkonger Frühverkehr, so sagt man, habe einen nicht unbeträchtlichen Anteil an der guten Belegung der hiesigen Nervenheilanstalt.

Pipi ist noch nicht ausgerastet, immerhin, dafür ist sie eine zu fröhliche Natur. Und zuweilen zeigt sie sogar Anwandlungen von Umsicht: In der Kabine war der Frühstückstisch gedeckt, die Kaffeemaschine gefüllt, und zwei Eier lagen in der Pfanne bereit, die auf dem Elektroherd stand. Selbst das Toastbrot steckte schon in den Schlitzen des Rösters. Ich bin zwar meinem Charakter nach Chinese – so sagt man wenigstens –, aber wenn es sich um Frühstück dreht, bevorzuge ich die Sitten der angeblich verkommenen Fremden! Herrliche Verkommenheit, so ein Stück Toast mit Butter und Ingwerkonfitüre! Nicht zu vergleichen mit einer Schale Reis und Salzgemüse, jedenfalls nicht am frühen Morgen!

Mein Handy quäkte, als ich schon in einem Walla-Walla saß und wir auf halbem Wege zu den Piers waren. Die Luft war voller Holzkohlenrauch von den Grills auf den Wohnbooten, und ganz leise in der Ferne war Musik. Die kam aus den Lautsprechern der schwimmenden Restaurants, wahrscheinlich wollte sich das Reinigungspersonal die Arbeit versüßen, so hörten sie sich Mara Lee an, die die Geschichte von den hohen Bergen sang, die sich in den Seen spiegelten, aber nur wenn die Götter es guthießen und die Sonne schien.

Ich hörte mit. Und dann sagte mir Mrs. Choi durch das kleine elektronische Instrument, nachdem es wieder einmal wie ein getretener Dackel gejault hatte: „Sie können gleich zur Fähre in Victoria fahren, ich bin in etwa einer halben Stunde dort ...“

Eine unternehmungslustige Dame! Wer sonst, der gerade mal einen Tag in Hongkong ist, aus dem Rechtsverkehr kommt, die Stadt kaum kennt und außerdem fürchten muß, beobachtet zu werden, wie schon einmal geschehen, würde sich erdreisten, ein Auto von Tsuen Wan bis nach Victoria zu lenken, entweder durch den Tunnel, oder bis zur Fähre am Ocean Terminal, und dann auf der anderen Seite bis zum Pier der Macao-Hydrofoils?

Wir hatten eine vergnügliche Fahrt. Ich machte anfangs, als wir merkten, daß das Fahrzeug sich an seinen Flächen über das Wasser zu heben begann, die unvorsichtige Bemerkung, daß ein Binnenländer wohl so einige Schwierigkeiten haben könnte, wenn er auf einem solchen Tragflächeninstrument von Hongkong nach Macao geschossen wird. Zudem versicherte ich ihr, daß wir die ruhigste See seit Erfindung des Windes hätten. Ich wollte sie ein bißchen aufheitern, denn ich fand sie sympathisch, und ein wenig bedauerte ich sie auch, schließlich hatte sie den Mann verloren. Aber sie ließ keine schlechte Laune aufkommen, litt auch nicht an Übelkeit. Und ich selbst ertappte mich immer wieder dabei, daß ich an den unscheinbaren Sitznachbarn dachte, den ich nach einer Fahrt in einem solchen Jetfoil drüben in Hongkong hatte ermuntern wollen, sich zu erheben und auszusteigen, in der Meinung, er habe einen gesunden Schlaf.

Mrs. Choi sagte: „Ihr Hongkonger glaubt wohl allen Ernstes, Victoria ist der einzige Hafen an der ganzen Chinesischen Küste, wie?“ Es klang gutmütig, etwas nach Spott. „Jemals in Shanghai gewesen?“

„Das nicht. Aber nach der Statistik ist in Victoria der Umschlag größer ...“

Sie lachte. Eine erstaunliche Frau. „Sie sollten Shanghai einmal sehen, junger Mann! Selbst auf den Flußbooten, die von dort den Yangtse aufwärts verkehren, würde den Hongkongern bis kurz vor Nanjing schon die Luft ausgegangen sein!“

„Sind die so klapprig?“

„Sie fahren so schnell! Und – selbstverständlich werden sie immer klappriger. Von Tag zu Tag. Weil ein paar Millionen Shanghaier immer morgens zu den Anlegeplätzen strömen und sich aus dem Holz der Schiffsaufbauten Eßstäbchen schnitzen!“

Es machte mir Spaß, auf diese unernste Art der Unterhaltung einzugehen, und ich sagte: „Bei uns weiß man gar nicht, daß die Shanghaier überhaupt Eßstäbchen brauchen. Wo es im ganzen Land kein Huhn mehr gibt, das man braten könnte ...“

So beinhart ich sie schon kennengelernt hatte, gleich bei unserem ersten Zusammentreffen, sie hatte nicht nur Humor, es machte ihr sichtlich ebenfalls Spaß, mit dem Florett des Witzes zu fechten.

„Wo denken Sie hin!“ machte sie mich mit dem ernstesten Gesicht aufmerksam, „nicht für's Essen schnitzen sie die Stäbchen – sie kämmen sich damit!“

„Ah, Haare haben sie also noch!“

„Die Jüngeren. Die Älteren haben sie sich abscheren lassen und gespendet. Daraus werden Stricke angefertigt, zum Hängen von Leuten, die nicht glauben wollen, daß Buddha im Auftrage von Tschiang Kai-shek die Insel Taiwan schuf!“

So ging das eine Weile weiter, und mir fiel plötzlich ein, daß dieses ebenso ein Gespräch zwischen zwei Hongkongern hätte sein können. Ich hatte – außer bei einem Abstecher nach Kanton, wo ich mit einem tüchtigen Polizeibeamten zu tun gehabt hatte – wenig vom Mutterland gesehen, und was die Sache betraf, so teilte ich die Skepsis meiner Landsleute im Hinblick auf die Einvernahme Hongkongs durch das Große Land.

Vielleicht lag es daran, daß ich nicht mit sehr vielen normal gearteten Leuten von dort Erfahrungen hatte sammeln können, daß ich mir die Shanghaier ein wenig wie verbohrte Fahnenschwinger und Sprücheschreier vorstellte, die sich nun anschickten, über uns herzufallen, mit Pauken und Böllern. Und Porträts von Mao.

Als ich das der Witwe Choi gegenüber durchblicken ließ, weil ich den Eindruck hatte, sie würde sich dazu äußern, tat sie das auch, allerdings anders als ich vermutet hatte.

Sie sagte spöttisch: „Nicht nur mit Pauken und Böllern und Porträts. Mit den Zitaten des Vorsitzenden vor allem. Schon früh, noch vor dem Waschen müssen dann alle Hongkonger sich auf der Straße aufstellen und mit dem Gesicht nach Osten Sprüche aufsagen. Erst danach gibts Frühstück!"

Und da nutzte ich die Gelegenheit, sie, obwohl ich von Politik nur sehr vage Vorstellungen hatte, geradeheraus zu fragen: „Aber – das war doch einmal so, oder?"

Anfangs glaubte ich, ich hätte sie ernsthaft beleidigt, denn sie schwieg eine Weile. Doch dann öffnete sie mir auf ihre ebenso höfliche wie bestimmte Art den Blick dafür, daß die Leute im Mutterland ebenso ungleich waren, ebenso unterschiedliche Schicksale hatten, wie wir in Hongkong. Sie sagte nämlich ohne nennenswerte Gefühlsbewegung: „Ja, ja, das gab es. Und eine Menge mehr aus dieser Kiste. Ich habe das als ziemlich junges Mädchen erlebt, ich verbrachte die meiste Zeit, in der sich das austobte, in der Wüste Gobi. In der Provinz Kansu. Meine Eltern schachteten dort Bewässerungsgräben aus. Ich auch."

Ich blickte unwillkürlich auf ihre Hände. Sie bemerkte es wohl, sagte aber nichts. Bis ich mich, vorsichtiger geworden, erkundigte, ob ihr Gatte dabei in ihrer Nähe gewesen sei. Da schüttelte sie den Kopf.

„Lam war in der östlichen Mandschurei. Sie erweiterten dort ein Stahlwerk, das die Russen nicht zu Ende gebaut hatten, nachdem sie Krach mit unseren Politikern kriegten ..."

„Und warum gerade Sie und Ihre Familie?"

Sie lächelte. „Meine Mutter spielte Klavier im Theater. Das Klavier und alle die es spielten, galten als Verbreiter von fremder Unkultur. Bei meinem Mann war es die Herkunft. Man wußte, daß sein Vater in Hongkong residierte, als sozusagen reicher Mann."

Ich erinnerte mich, daß um diese Zeit Tausende über die grüne Grenze an den New Territories aus dem Mutterland nach Hongkong geflüchtet waren. Sie überkletterten den Zaun, den die Engländer dort gezogen hatten, und verschwanden einfach im quirligen Leben Hongkongs, schlugen sich irgendwie durch oder kamen manchmal auch um.

Als ich die Frau darauf aufmerksam machte, gab sie nur zurück: „Ich weiß das. Mein Mann und ich wollten nicht fliehen. Der Mensch soll nicht immer nur vor seinem Schicksal davonlaufen, er muß schon die Kraft aufbringen, es zu meistern."

Was ihr gelungen war. Ihrem Mann auch. Aber nun hatte ihn ein neues Schicksal eingeholt. Hier in Macao. Er konnte damit nicht gerechnet haben. War arglos hierher gekommen, um – nachdem die Sprüchemacher im Mutterland ein wenig in den Hintergrund gedrängt worden waren – seine Familie zu sehen.

„Da vorn ... ist das schon Macao?" Die Frau beugte sich zum Fenster hinüber und musterte neugierig den Küstenstrich, der über das schlammige Wasser der Perlflußmündung hinweg an Steuerbord in Sicht kam.

Ich bestätigte es. Und ich war froh, daß die Unterhaltung sich jetzt auf ein anderes Gebiet bewegte. Ich erklärte ihr, daß im Vordergrund Guia Fortress lag, mit den antiken Mauern, und man weit hinten sogar noch die helle Fassade des Casinos am Jai Alai Stadion sehen konnte. Mir fiel ein, daß ich erst unlängst gehört hatte, auch in Shanghai würde demnächst ein Spielcasino eröffnet werden.

Sie bestätigte es ohne besondere Gemütsbewegung. Ich hatte meine Vorstellungen von einer stellvertretenden Bürgermeisterin in einem Staat wie China vermutlich zu korrigieren. Nun, vielleicht nannte man es besser „vervollständigen". Wir Chinesen neigen zu höflichen Untertreibungen, wenn sie, wie wir sagen, der Förderung der inneren Harmonie dienen. Und nichts kosten!

Um die innere Harmonie auch bei Mrs. Choi noch weiter zu befördern, winkte ich eine Rikscha heran, in der wir bequem nebeneinander sitzen konnten.

Der Fahrer war hocherfreut, denn es waren wohl wirklich nur noch nostalgische Anwandlungen, die Besucher Macaos veranlaßten, eine Fahrt mit einem dieser Vehikel aus verblassender Zeit zu machen.

Mir hat einer erzählt, daß in bestimmten Städten Mitteleuropas heute noch Touristen in Pferdekutschen an den Sehenswürdigkeiten vorbeigefahren werden, der Kutscher auf dem Bock trägt dabei einen Zylinder, wie in den Schauerballaden der Zelluloidbrüder Shaw die Bösen, die aus der Ferne zugucken, wie einer beerdigt wird, den sie selbst umgebracht haben. Diese Welt hat schon ihre Kuriositäten!

Ich ließ die Rikscha am Lisboa halten und schlug Mrs. Choi vor, auf der Terrasse des Riesenhotels das zu trinken, was die Portugiesen Kaffee nennen. Sie willigte ein, als ich ihr erklärte, daß ich in diesem Hotel vor sehr langer Zeit den ehrsamen Beruf eines Kochs erlernt hatte und einen Freund besaß, der mir vielleicht ein paar Wege ebnen könnte, bei der Suche nach dem, was Mister Choi Lam in den letzten Stunden seines Aufenthalts hier getan hatte, mit wem er zusammengewesen war. Nur daraus würde man Schlüsse auf ein etwaiges Tatmotiv ziehen können, und vielleicht auf den Täter.

„Lassen Sie sich Zeit", erlaubte mir Mrs. Choi, nachdem ich einen Tisch an der Balustrade für sie ausgesucht hatte, von dem aus sie einen kaum bezahlbaren Blick auf die Küste hatte. Ich versprach, nicht länger wegzubleiben, als es nötig war, um meinen alten Freund Sung Loh, den Chefkoch des Hotels, aufzuspüren.

Ich traf ihn, als er gerade einem Lehrling erklärte, weshalb man die Leber, die man brät, nicht vorher salzt, sondern erst nachher, und mir fiel ein, daß ich, der ich die wohlschmeckende Kunst ja auch einmal erlernt hatte, inzwischen etwa wieder so ahnungslos war wie dieser Lehrjunge.

„Hallo Toko“, begrüßte mich mein Freund, und als ich gerade loslegen wollte, über den armen Mister Choi Lam, schnitt er mir kurzerhand das Wort ab und nahm mich beim Arm: „Komm, die Leber darf nicht verkommen!“

In einer Nische der riesigen Küche war sein Reich, das er durch einen Bambusvorhang gegen die aufdringlichen Blicke von außen abschirmen konnte. Genau das tat er jetzt, bevor er die Leber auftischte, europäisch gebraten, auch nicht vorher versehentlich gesalzen, eine Pracht von Mahlzeit, zusammen mit roten und grünen Gemüsen, glasigen Zwiebeln und ganz leicht angerösteten Kartoffelscheiben.

„Du hättest den Jungen ja mal von diesem Stück Herrlichkeit kosten lassen können“, hielt ich ihm vor, während ich mit Messer und Gabel hantierte, wie sich das für einen Chinesen gehört, der das Wagnis eingeht, europäisch zu speisen.

Sung Loh ließ genußvoll die Leber auf der Zunge hin und her rollen dann brachte er es fertig, zwischendurch zu sagen: „Wenn du unbedingt soziale Gerechtigkeit üben willst, bring ihm die Hälfte von deinem Stück. Was führt dich ins Spielerparadies, Senhor?“

Ich piekte ein paar Möhrenstücke mit der Gabel auf, die leuchteten wie die Nationalfahne des Mutterlandes. Dann fragte ich Sung Loh, ob er jemanden im

„Mandarin Oriental“ kenne, der zuverlässige Auskünfte geben könnte.

Sung Loh brauchte nicht lange nachzudenken. Das Mandarin, ein noch größerer und modernerer Kasten als das Lisboa lag nur ein paar hundert Meter weiter die Amizade hinauf, und selbstverständlich hatte Sung Loh da nicht nur einen Vertrauten.

„Küche oder Hotel?“

„Beides“, gab ich vorsichtig zurück. Noch tastete ich gewissermaßen wie ein Blinder mit dem Stock nach der Bordsteinkante. Sung Loh nickte.

„Läßt sich machen. Nach der Leber rufe ich Hung an, der ist so was wie Hausdetektiv dort. Und Amy hat die Küche unter sich. Sie leisten sich da den Luxus einer weiblichen Küchenchefin! Der Gott der Langnasen allein weiß, was daran der besondere Dreh ist!“

„Kann sie auch die Leber so machen wie du?“ erkundigte ich mich, um ihm zu schmeicheln. Er liebte das, und ich würde seine Hilfe nötig haben, wenigstens bis ich den ersten Haken gefunden hatte, an dem ich mich höher ziehen konnte.

„Sie kocht gut“, gab er sachlich zurück. „Aber sie ist unnahbar.“

„Unverheiratet?“

„Ja. Will auch nicht. Selbst gegen einen Test hat sie was. Schäkert statt dessen mit anderen Weibern herum. Die Sorte, du verstehn, Mister?“

Er grinste. Als ich den Mund frei hatte, vertraute ich ihm an: „Bruder, jeder Mensch hat seine Zicken. Ich kenne Männer, die wollen auch bloß mit Männern ... Hauptsache, sie erinnert sich an diesen oder jenen Gast!“

Er winkte souverän ab: „Keine Sorge, das Weibsbild könnte eine Zeitung sein, wenn es einen Apparat gäbe, sie zu so dünnen Blättern zu quetschen. Um wen geht es eigentlich?“

Ich erzählte es ihm, und er zog die Augenbrauen

hoch, als er hörte, daß es sich um jemanden aus Shanghai handelte, und daß die leibhaftige Witwe des Opfers auf der Terrasse saß und das Panorama bewunderte.

Einen Augenblick lang schweifte Sung Loh ab und machte sich halblaut Gedanken über die Zukunft. Dieses Fleckchen Macao hatte sich so an seine Existenz als schläfrige Kolonie eines nur wenig muntereren europäischen Kleinstaates gewöhnt, daß der Status sozusagen kaum noch eine Rolle in den Gedanken der Leute spielte, lediglich die Lebensweise war es, die zählte.

Inzwischen waren die Grenzen zum Mutterland ohnehin so unbedeutend geworden wie die ständig wechselnden politischen Parolen. Man ließ sie, ohne sich viel Gedanken zu machen, an den Ohren vorbeigleiten, und selbst den Posten an den Schlagbäumen schien inzwischen egal geworden zu sein, ob der oder jener, der da ins gloriose Mutterland einreiste – für einen Tag oder für einen Monatstrip –, Opa Mao vielleicht für einen Vollidioten hielt, für ein Genie, einen Frauenschänder oder einen Entendieb.

Man hatte sich daran gewöhnt, daß andere Leute andere Meinungen hatten und hielt sie sich nicht mehr täglich vor, um recht zu behalten. Auf diese Art hatte man es fertigbekommen, in den letzten Jahren auf erträgliche Weise miteinander auszukommen. Sogar voneinander zu profitieren. Macao würde ein Jahr nach Hongkong zum Mutterland zurückkehren. Eine Horrorvorstellung war das eigentlich nicht mehr. Wenngleich auch hier Wohlbetuchte ihre Konten auf die Bahamas verlegt hatten oder sonstwohin und sich zuweilen einen Zweitpaß besorgten. Für alle Fälle sozusagen.

„Angst?“ Sung Loh schüttelte den Kopf mit dem Bürstenhaar, dann wollte er wissen: „Was wirst du machen? Weiter detektieren?“

„Ich versuche es. Hast du jemanden bei Henry's, mit dem man vertraulich reden kann?“

„In dem Restaurant in der Avenida da Republica?“

„Ja. Unten, an der Südspitze. Ponta da Barra.“

Er schimpfte: „Wie ich diesen verlausten Sohn eines Perlflußpiraten um den Platz dort beneide! Und – ich hätte das Ding kaufen können. Es stand zur Veräußerung. Ich habe zu lange gezögert. Wollte nicht so recht an den hohen Bankkredit heran, den ich gebraucht hätte. Er hat ihn genommen. Heute ist das eine der Kneipen, die stets überfüllt sind, und er wird den Kredit gar nicht mehr spüren.“

„Mit anderen Worten, du bist ein Zögerer gewesen. Verpaß bloß nicht mal den Zeitpunkt, zu dem ein Chop Suey vom Feuer muß!“

Er fuhr wie elektrisiert von seiner Leber hoch: „Hast du Chop Suey gesagt?“

Ich bestätigte ihm grinsend: „Man spricht in Hongkong darüber, daß es das jetzt im Lisboa auch gibt!

Er knallte die Gabel auf den Teller. „Diese verdammten McDonald-Imitatoren! Weil wir immer mehr amerikanische Pensionäre als Gäste bekommen, müssen wir diese Pampe servieren, die sie in Kalifornien für chinesisches Essen halten! Mir wird schlecht, wenn ich nur daran denke!“

„Hör auf, dran zu denken“, riet ich ihm, „es wäre schade um die Leber. Mit wem kann ich im Henry's über einen Gast reden, der dort war, und erfahren, wer ihn begleitete?“

„Das Horn“, sagte er zwischen zwei Gabeln Gemüse.

„Das Horn?“

„Sie nennen ihn alle so. Heißt eigentlich Alphonso Bustaveras.“

„Klingt wie ein Baron.“

„Ist er nicht. Er hat auf der Stirn so einen Höcker. Ist gar nicht so schlimm, aber weil er gemischt ist, haben die Kerle immer ihre Späße über ihn gemacht. Ihn ‚Horn' genannt. Wegen dem Höcker eben. Hat bei uns gekellnert. Wurde gefeuert, weil er einen Gast in die Fresse gehauen hat."

„Ein gewalttätiger Kellner!"

„Irrtum. Der ist zahm wie ein kastrierter Dachs. Aber der Gast hatte was am Essen auszusetzen, spuckte in den Teller und klatschte ihn Alphonso ins Gesicht."

Das erklärte die Sache. „Ich hoffe, er hat sich danach gewaschen."

Sung Loh war nicht so recht bei der Sache. Nach einer Weile meinte er: „Unterschätze das Horn nicht. Er ist ein zuverlässiger Mann. Wenn der helfen kann, wird er das so tun, daß du staunst. Beruf dich auf mich."

Ich hatte Sung Loh vor einiger Zeit helfen können, als es hier eine Reihe rätselhafter Morde gab, die auf Vergiftung mit Fugu, der großartigen Fischdelikatesse beruhten, für deren Herstellung Sung Loh als einer von wenigen Köchen eine Lizenz besaß und einen Ruf zu verlieren gehabt hätte.

Dieser Fugu muß wie ein rohes Ei behandelt werden, wenn man ausschließen will, daß er sich gewissermaßen selbst vergiftet.

Diesmal war es wieder ein Toter, bei dem offenkundig Gift im Spiel war. Kein Fugu, soviel stand inzwischen fest. Überhaupt keine den Analytikern bekannte Substanz. Es würde schwierig werden.

Als wir die Leber hinter uns hatten, dazu eine Nachspeise, die aus Eis mit winzigen Schokoladeneinsprengseln bestand, fand ich, daß Mrs. Choi nun lange genug auf der Terrasse gesessen und den Ausblick genossen hatte. Vielleicht auch den Kaffee, der hier so schmeckte, als habe ihn ein einsamer Filipino aus seinen über mehrere Monate gesammelten Heimwehtränen zubereitet.

„Komm mit", forderte ich Sung Loh auf, „du kannst eine echte Shanghaier Bürgermeisterin kennenlernen. Wenn du das unter die Leute bringst, wird es dein Image so anheben, daß sie eines Tages mal einer der Figuren im Kun Lam Tong Tempel dein Gesicht geben."

Ich kam gerade noch dazu, ihm Mrs. Choi vorzustellen, die hinter einem Glas Mineralwasser saß, das sie sich offenbar bestellt hatte, um den Kaffeegeschmack hinunterzuspülen, da jaulte mein Handy, und ich erfuhr von einem aufgeregten Bewährungshelfer Wu in Aberdeen: „Sie haben in unser Büro eingebrochen! Es sieht aus wie eine Wüste!"

„Wer war es?"

Mein Büropartner stotterte eine Weile herum, dann rückte er mit der Nachricht heraus, daß Wanda, die Straßendame behauptete, es wären wieder die beiden Kerle gewesen, die den Mazda hatten stehenlassen, nur daß sie diesmal in einem Honda-Coupé erschienen wären, und das hätten sie nicht stehenlassen. Einer von ihnen hätte es bewacht, während der andere das Büro durchwühlte, und selbst Lum, der sich in der Nähe herumtrieb, hätte keine Chance gehabt, ihm einen Streich zu spielen.

„Dieselben Boys wie neulich?"

„Sagt Wanda. Auch Lum hat sie wiedererkannt."

Das überraschte mich. Mister Tsa Ping benutzte Leute, von denen ich ihm gesagt hatte, sie seien so gut wie identifiziert – eine Unbedachtsamkeit? Oder unterschätzte er mich? Wollte er vielleicht seine Handlanger disziplinieren, die den ersten Auftrag verschlampt hatten? Ließ er sie deshalb zum zweiten Mal auf mich los? Wie auch immer, es blieb die Frage: was hatten sie gesucht?

Und dann fiel mir ein, daß ich Tsa Ping den Bären aufgebunden hatte, ein Amteurfilmer habe mit seiner Videokamera zufällig die beiden Mazda-Piraten erfaßt. Ging es ihm um diesen Beweis, von dem er annahm, ich hätte ihn bereits in meinem Büro?

„Räum noch nicht auf", riet ich Wu. „Ich sage Bobby Hsiang Bescheid, er kennt die Zusammenhänge, und du wartest, bis er mit seiner Truppe dagewesen ist. Das kann dauern, die haben manchmal was anderes zu tun, als einen Einbruch zu inspizieren."

Dann tippte ich Bobbys Nummer ein. Ich erreichte ihn, als er gerade in der Nähe der Bank of China Untersuchungen darüber anstellte, ob ein obdachloser alter Mann, der dort nächtigte, gewaltsam aus dem Leben geworfen worden oder einfach an Schwäche gestorben war.

„Du kannst dir nicht vorstellen, zu welchem Unsinn sie uns in der Stadt herumjagen!" schimpfte er. „Und dann kommst noch du mir mit einem Einbruch ..." Aber er versprach mir, bei Wu hereinzuschauen und das zu sammeln, was bei der Polizei Beweisstücke genannt wurde, nämlich beispielsweise Fingerabdrücke des Einbrechers, mit deren Hilfe man ihn vor Gericht überführen konnte. Worauf er dann wegen Geringfügigkeit freigesprochen wurde.

Allerdings – wenn es sich um die Handlanger Tsa Pings handelte, wie ich vermutete, konnte man sie abseits von der Polizei zum Sprechen bringen und man erfuhr dann, weil sie natürlich ihre Haut retten wollten, Zusammenhänge, die einem Aufschluß gaben.

Ich konnte Bobby Hsiang gerade noch zurufen: „Nicht daß du sie gleich festsetzt! Ich habe an der Sache noch zu arbeiten."

Er knurrte zurück, ob ich ihn inzwischen für einen Vollidioten hielte. Mein Dementi kam nicht mehr an, da hatte es schon in der Verbindung geknackt, und sie war tot.

Sung Loh und ich wechselten noch ein paar höfliche Worte mit Mrs. Choi, die anscheinend den Schock des Macao-Kaffees überwunden hatte, dann trug mir Sung Loh noch auf, ich solle nicht vergessen, die Dame zu einem Dinner ins Restaurant einzuladen, das er persönlich zubereiten würde. Und wenn es Schwierigkeiten gäbe ...

7. Kapitel

Die ersten gab es am „Mandarin Oriental".

Wir nahmen auf dem Rückweg wieder eine der vorsintflutlichen Rikschas. Zeit zum Genießen des Ausblicks auf die See, deren leichte Kräuselwellen unter dem schräg einfallenden Licht der Sonne wie flüssig gemachtes Gold glänzten, in dem sich ein paar Möwen wie Fremdkörper ausnahmen.

Ich wollte mich nicht lange aufhalten, nur diesem sogenannten Hausdetektiv die Routinefrage stellen, ob er irgendeine Besonderheit im Zusammenhang mit dem Gast aus Shanghai bemerkt hatte.

Mrs. Choi zog es vor, in der Zwischenzeit einen Spaziergang zum Kai zu machen. Hier, in der Nähe des Außenhafens, herrschte Hochbetrieb. Ich wunderte mich, denn diese Art Hafentrubel mußte sie ja eigentlich von Shanghai her gewöhnt sein, aber wenn sie unbedingt ansehen wollte, wie die Kähne gelöscht wurden – ich fand den Mr. Hung, einen modern Bezopften, auch ohne ihre Hilfe.

Nachdem er begriffen hatte, daß ich ein Freund Sung Lohs war, lotste er mich an einen der kleinen Tische in der Halle, um ungestört mit mir reden zu können. „Ist etwas mit diesem Gast nicht in Ordnung gewesen?" erkundigte er sich und fügte sogleich vorsichtshalber an: „Ich habe ihn in Erinnerung. Sein Paß war in Ordnung ..."

Ich langte kurz und bündig zu: „Es ist auch nicht sein Paß gestorben, sondern er selbst."

„Gestorben? Unfall?"
„Mord."
Das verschlug ihm vorerst die Sprache, so daß ich mich nach Besuchern erkundigen konnte, die er gehabt hatte, Telefongesprächen.
Mister Zopf verschwand für ein paar Minunten in den Büros hinter dem Tresen des supermodernen und auf mich ziemlich gekünstelt „ethnisch" wirkenden Hotels. Als er wiederkam, übergab er mir die Liste der Telefongespräche, die Choi geführt hatte.
Ich brauchte nicht einmal Nachforschungen wegen der Inhaber der Nummern anzustellen, es waren nur zwei, und Mister Zopf erläuterte mir ohne Hemmungen: „Das hier, die zwei Anrufe, ist die von uns bevorzugte Taxigesellschaft. Die andere Nummer gehört einem Unternehmen mit dem Namen Air-Sea-Dreams. Liegt an der Südspitze unseres Gebietes, nicht weit von Fort Santiago da Barra. Da ist eine kleine Bucht. Segelboote gibts da zu mieten, auch Motorboote, Aquascooter. Man kann Kurse für Wellenreiten belegen oder für Gleitschirmsegeln über See, Wasserski, Windsurfen und was es an solchen modernen Sportarten eben gibt."
„Sie kennen sich gut aus", lobte ich ihn zwischendurch. Der bezopfte Mann, der sich durch berufsbedingte Beobachtungsgabe auszeichnete, gab mir sogleich weiter Auskunft: „Ich sprach mit Mister Victor Choi, als der ins Hotel kam, um seinen Herrn Bruder zu treffen. Er stellte sich vor. ‚Air-Sea-Dreams' ist ein in Macao sehr bekanntes Unternehmen. Sie sind von Hongkong?"
Ich nickte und sagte: „Übrigens gibt es bei uns in Wanchai einen Zweigbetrieb von Mister Victor Chois Unternehmen."
Aufgefallen war ihm nichts. Die beiden Brüder hatten sich begrüßt, eine Weile hatten sie sich bei Cocktails unterhalten, dann waren sie aufgebrochen.

Zur Vorsicht, und weil ich darauf bestand, ließ der Detektiv des Hauses noch die Küchenfrau Amy kommen, eine kleine, adrett wirkende Person, der wahrlich nicht die von Sung Loh geschmähte Vorliebe für das falsche Geschlecht anzusehen war.

„Aufgefallen?“ fragte sie zurück, nachdem ich ihr den Zweck meines Besuchs erläutert hatte. Sie schüttelte den Kopf. „Nein, da war gar nichts Besonderes. Am Tag der Abreise frühstückte er mit einem Herrn auf der Terrasse.“

„Mit Mister Victor Choi“, ergänzte Hung.

„Also, sie frühstückten europäisch. Mit Kaffee. Es wurde Kaffee nachbestellt. Vielleicht hatten die Herrn Durst als Folge einer langen Nacht.“

Der Detektiv des Hauses wiegte den Kopf. „Mister Choi Lam bekam, das wurde registriert, um 23 Uhr 40 seinen Zimmerschlüssel überreicht. Eigentlich keine Zeit für eine lange Nacht. Er war übrigens ohne Begleitung.“

Die kleine Küchenfrau bewegte leicht die Schultern. „Jedenfalls wurde Kaffee nachbestellt. Ich war auf der Terrasse. Wir hatten zwei Lehrkellner im Frühdienst, da muß man ein Auge haben. Nein, nichts Ungewöhnliches bei Mister Choi Lam. Als er aufbrach, hinkte er leicht. Aber – das ist wohl keine Todesursache, wie?“

„Gewiß nicht!“ versicherte ich ihr. Aber ich beschloß, seine Frau zu fragen, ob er Schwierigkeiten beim Gehen gehabt habe. Und wenn nicht, würde sich eine Nachfrage bei der Pathologie lohnen. Hatte man vielleicht einen Schaden an einem Bein festgestellt? Immerhin aber auch kein Grund, aus dem jemand eine Stunde später sanft entschlief. Vielleicht ein Hühnerauge. Eine Blase gelaufen.

Zeit, zu „Henry's“ aufzubrechen. Avenida da Republica.

Ich erinnerte mich schwach an die Fassade. Hatte da nicht „Henry's Galley Maxims" gestanden? Gar nicht so weit bis zu Victor Chois „Air-Sea-Dreams", von dort. Das Restaurant lag genau auf der anderen Seite der schmalen Südspitze Macaos. Ein paar hundert Meter konnten das sein, mehr nicht.

„Gutes Lokal", kommentierte der bezopfte Hoteldetektiv meine Absicht, Henry's aufzusuchen. „Originell. Bißchen auf Schiffskombüse gemacht, neuerdings."

Routinemäßig wiederholte ich zum Abschluß die Frage: „Und es gab tatsächlich keinen Streit zwischen den Brüdern? Ich meine – wenn man bedenkt, der eine lebt hier, der andere kommt aus Shanghai?"

Er schüttelte nachdenklich den Kopf. „Nicht daß es mir aufgefallen wäre."

Die Küchenfrau bestätigte seine Beobachtung: „Nein, nichts dergleichen."

Das mußte mir genügen.

Draußen stand, in respektvoller Entfernung von den Luxuskarossen der Gäste die Rikscha, die wir benutzt hatten. Mrs. Choi war nicht zu sehen. Aber der Rikschafahrer gab mir auf meine Frage sofort Auskunft: „Gut, daß Sie kommen, Sir, die Dame ist mit einem Auto weggefahren, und sie hatte noch nicht bezahlt."

„Auto?" Ich hatte das Gefühl, als liefe eine Spinne mit sehr kalten Füßen mir den Rücken hinunter.

Der Rikschafahrer deutete in die Richtung der Kais: „Ja. Kein Taxi. Privatauto. Fuhr langsam auf sie zu, hielt an, und jemand zog sie hinein, so wie man sich begrüßt, man faßt sich an der Hand ..."

Wie es aussah, hatte ich mich mit dem unangenehmen Tatbestand auseinanderzusetzen, daß Mrs. Choi entweder wieder einmal ein Abenteuer auf eigene Faust unternahm, oder daß da etwas passiert war, das weder in meiner noch in ihrer Absicht gelegen hatte.

„Wie sah das Auto aus?“ forschte ich. Der Rikschafahrer meinte: „War schwarz. Ziemlich groß. Leise.“

„Nummer?“

Er lächelte, weil ich ihn arg in Verlegenheit brachte, denn er hatte sich die Nummer nicht gemerkt. Ich sparte mir längere Erörterungen und ließ mich von ihm zu Henry's fahren.

Während ich in der Rikscha saß und wir südwärts rollten, konnte ich überlegen.

Wer hatte ein Interesse an Mrs. Choi? Wer bot zwei halbstarke Ganoven auf, in Hongkong, um die Frau erst einmal zu beobachten, und um wenig später in mein Büro einzusteigen, es zu durchwühlen? Ich kam auf niemand anderen als auf die Leute in Bruder Victor Chois Filiale in Hongkong. Aber das mußte erst einmal bewiesen werden. Und daß er selbst mit darin verwickelt war auch. Dann war da noch Mr. Victor Choi. Wo sollte ich mit dem Suchen anfangen?

„Henry's“ machte im Gegensatz zu manchen anderen Restaurants in Macao einen gepflegten Eindruck. Die Fassade war sauber, und als ich eintrat, fiel mir auf, daß hier alles mit Liebe arrangiert war, vom echten Schiffsanker an der Wand über die Positionslaternen bis zu den Tischen, die ordentlich gedeckt waren.

Ein paar Gäste saßen schon auf den hochbeinigen Stühlen an der Getränkebar und probierten geschüttelte Mixturen von erstaunlicher Buntheit. Frühtrinker.

Der Barkeeper vermied jegliche Arroganz, als er mir Auskunft gab, Mister Bustaveras habe sich in sein Büro zurückgezogen, er werde ihn aber sofort informieren, daß er Besuch habe. Wenn ich die Freundlichkeit hätte, mich ein paar Sekunden zu gedulden, die „Caribic Colors“ müßten noch etwas geschüttelt werden, und diesen Prozeß sollte man möglichst nicht unterbrechen. Da sprach der Fachmann!

Ich hatte Geduld, und er schüttelte, bis er das Gebräu, das in allen Regenbogenfarben schillerte, schließlich in die Stilgläser der Gäste goß, die den Vorgang interessiert beobachteten.

Ich hörte sie hinter mir noch lautstark Lob sprechen, als mir der Keeper bereits die Tür zu Mister Bustaveras Office aufschob und dabei eine Verbeugung andeutete, die einheimische Türsteher selbst in den feinsten Nobelherbergen Hongkongs heute nicht für weniger als zehn Dollar Trinkgeld ausführen. Oder vielleicht für einen Lord, der als VIP läuft.

Alphonso Bustaveras war das, was man einen häßlichen Mann nennen konnte, ohne zu übertreiben. Nicht nur daß er auf der Stirn diesen Höcker hatte, auf dem zu allem Übel noch ein paar Haare sprießten. Er hatte das Gesicht eines Mannes, der gerade erfährt, daß er beim Hunderennen im Canidrome den Rest seines Vermögens verloren hat. Und er hielt sich nicht sehr gerade, er kam gebückt auf mich zu, um mir seine ziemlich knochige Hand zu reichen. Erst als er das erste Wort sagte, dämmerte mir, daß das Äußere dieses Neugastwirts einen sehr leicht täuschen konnte.

Bustaveras, wie sich sehr bald herausstellte, war nicht nur gekonnt höflich, er besaß auch Bildung, und er hielt etwas auf gepflegte Umgangsformen.

„Mein alter Freund Sung Loh hat Sie bereits angekündigt", eröffnete er mir, als wir uns an einem kunstvoll zieselierten Messingtisch gegenübersaßen.

„Sung Loh hat mir auch in kurzen Zügen angedeutet, um was es Ihnen geht, Mister Lim Tok."

Ein Mädchen trat durch eine Seitentür ein und blieb abwartend stehen. Bustaveras sah mich aus seinen Albinoaugen freundlich an: „Was soll es sein – Kaffee, Tee, Cognac?"

Ich entschied mich für Tee, und das Mädchen verschwand. Bustaveras hatte sich wie selbstverständlich meinem Wunsch angeschlossen. Ein vollendeter Gentleman! Und so was hatte sich sein Geld als Kellner verdienen müssen!

„Können Sie mir weiterhelfen?“ erkundigte ich mich, nachdem wir, wie es sich gehörte, erst einmal einen Schluck von dem Lung Ching zu uns genommen und ihn verhalten gelobt hatten.

Alphonso Bustaveras sagte gedehnt: „Tja ...“ Dann ließ er eine ganze Zeit verstreichen, bevor er nachfragte: „Sie möchten wissen, ob ich an dem Abend, als die beiden Herren bei mir speisten, etwas bemerkt habe, das nicht üblich war ... leider nein, die beiden benahmen sich wie zwei Leute, die eine, nun sagen wir lange Bekanntschaft haben, sie aßen, tranken, Mister Victor Choi rauchte eine Zigarre, es wurde ein roter Wein getrunken. Nichts war da, was mir hätte auffallen können, und ich hatte die Herren ziemlich oft im Auge, weil ich Wert darauf lege, daß Mister Choi sich bei mir wohlfühlt und wiederkommt. Einen Gast wie ihn verliert man nicht gern durch Unaufmerksamkeit.“

Ich dachte unwillkürlich an die Geschichte mit dem geohrfeigten Herrn im Lisboa, und daran, daß Sung Loh den „Höcker“ in seiner Rage den Sohn eines verlausten Perlflußpiraten genannt hatte. Wohl nur, weil er sich ärgerte, daß nicht er den Unternehmungsgeist gehabt hatte, das „Henry's“ zu kaufen.

„Sie kennen Mister Victor Choi genauer?“

An seinem Lächeln merkte ich, daß es nichts geschadet hätte, etwas dezenter zu fragen. Nicht jeder Gentleman ist bereit, über jemanden, den er kennt, Auskünfte zu erteilen. Aber Bustaveras tat es trotzdem. Vielleicht weil ich ihm sympathisch war, jedenfalls eröffnete er mir, wenngleich ein wenig zögernd: „Ja, ich kenne ihn und sein Unternehmen. Ich habe sie, wann immer mich Gäste nach Segelkursen oder ähnlichen Möglichkeiten auf dem Gebiete des modernen Wassersports befragten, stets an Air-Sea-Dreams verwiesen. Mister Victor Choi ließ mir gegenüber des öfteren erkennen, daß er das zu schätzen weiß."

„Was für ein Mensch ist er?" Es mußte seine zurückhaltende Höflichkeit sein, die mich zu um so mehr Direktheit provozierte.

Bustaveras nahm es gelassen. Er erwiderte mir sachlich: „Mister Choi ist ledig, sehr intelligent, geschäftstüchtig und vom Glück begünstigt. Sein Unternehmen floriert. Er denkt wohl über Ausdehnung nach. Wenn ich nicht irre, hat er in Hongkong bereits ein Zweiggeschäft."

„Er hat", bestätigte ich. „Würden Sie ihm zutrauen, daß er etwas gegen seinen Stiefbruder gehabt haben könnte, ich meine den Mann, mit dem er bei Ihnen eingekehrt war?"

Er sah mich ratlos an. „Sie meinen, ob die beiden Streit hatten?"

„Unter anderem."

Er schüttelte den Kopf. Trank von dem Tee und sagte dann nachdenklich: „Mister Lim Tok, der Mensch ist ein kompliziertes Wesen. Es war einer der bekanntesten alten Philosophen, der einmal sagte, nur der Tor trägt die schwarzen Gedanken, die in seiner Seele siedeln, auf seinem Gesicht ..."

Er war clever genug, um seine Meinung auf diese höchst umwundene Art zu äußern. Aber so schnell ließ ich mich nicht abschütteln.

„Sie meinen, in seiner Seele könnte es schon schwarze Gedanken geben?"

Darauf sagte er gar nichts, so daß ich anschloß: „Betreffen die seinen Stiefbruder? Oder – betrafen sie ihn, besser gesagt?"

Er lächelte nur wieder. Ein Mann, der es verstand, seinen Mund zu halten und damit viel mehr zu sagen, als wenn er geredet hätte.

Ich war wohl auf einer lohnenden Fährte, sagte ich

mir, aber das war auch alles, was ich konstatieren konnte. Und dann fiel mir wieder Mrs. Choi ein, deren plötzlichen Abgang ich bisher verdrängt hatte.

„Stimmt es“, verlangte ich hinterhältig Auskunft“, daß Mister Victor Choi ein großes, schwarzes Auto fährt?“

Zu meiner Überraschung nickte der Restaurantbesitzer ohne zu zögern.

„Ja, einen Chevrolet. Älteres Modell. Man sagt, es sei der einzige dieses Typs in Macao, aber das kann ich schlecht beurteilen, meine Kenntnisse auf diesem Gebiet sind dürftig.“

Ich grinste ihn fröhlich an: „Wenn ich von Ihnen das Geheimnis der Zubereitung einer bestimmten Speise wissen möchte, könnten Sie mir Genaueres sagen, wie?“

„Das könnte ich mit Bestimmtheit!“

Wir schieden als Leute, die ein erfreuliches Gespräch gehabt hatten. Und ich ließ mich mit einem Taxi die fünfhundert Meter durch nicht gerade weite Straßen, vollgestopft mit Bussen, Radfahrern und Fußgängern, bis zur gegenüberliegenden Küste fahren.

Der Fahrer nickte verständnisvoll, als ich sagte: „Rua do Almirante Sergio. Air-Sea-Dreams.“ Er kannte die Firma.

Und ich sah schon von weitem, was Victor Choi da geschaffen hatte. In einer kleinen Bucht, die den Eindruck machte, als ob sie künstlich angelegt oder wenigstens erweitert worden wäre, lagen Dutzende von Segelbooten vertäut. An Stegen waren schnittige Motorboote festgemacht. Stabile Piers reichten weit hinaus aufs Wasser. Unmittelbar am Kai waren Lagerhäuser errichtet worden, aber nicht etwa wackelige Schuppen, sondern einigermaßen elegant anmutende einstöckige Hallen, die man luxuriös nennen konnte, ob ihrer Spiegelglaswände und der farbigen Dächer. Ohne viel zu suchen wurde man auf das Büro aufmerksam, das zwischen den Lagerhäusern stand, eine Art Bungalow, vor dem Autos parkten, deren Besitzer sich gerade mit ihren Booten auf dem Wasser befanden, oder die mit dem Scooter unterwegs waren, draußen in der Bucht, wo man sie kreuzen sah, ebenso wie die Gestalten auf den Wasserskis, hinter den wilde Kurven ziehenden Motorbooten.

Und da war der Chevrolet! Schwarz und groß.

Als ich das Bürogebäude betrat, warf sich mir sogleich eine schwarzhaarige Schönheit entgegen, die wissen wollte, ob ich Gleitschirmfliegen oder Surfen bevorzugte, ob ich ein Segelboot zu mieten beabsichtigte oder gekommen war, um erst einmal einen Kursus zu buchen. Sie hielt mir die Preislisten vor die Nase, bis ich ihr mitteilte, ich wünsche den Herrn Chef zu sprechen, Mister Victor Choi. Daß ich mich dabei arg beherrschen mußte, ihr nicht einen freundschaftlichen Klaps auf die Südhälfte ihrer hervorragenden Figur zu verabfolgen, ahnte sie wohl, das verriet mir ihr Blick.

Die übliche Fragerei, ob ich einen Termin hätte, bog ich mit dem kühnen Hinweis ab, den hätte ich ebenso wie die Dame, die gerade mit Mister Choi parlierte. Ich hatte ins Schwarze getroffen, die Prinzessin der Luft- und Seeträume wußte Bescheid.

„Ah – Familie!“ lächelte sie mich an, und als ich zurücklächelte, führte sie mich durch verschiedene Vorräume hindurch zu einer gepolsterten Tür, vor der sie mich anmeldungshalber zu warten bat.

„Lim Tok heiße ich!“ erinnerte ich sie.

In den wenigen Sekunden, die mir verblieben, wurde ich durch zwei Dinge abgelenkt. Zuerst rauschte ein athletisch gebauter Kerl herein, der tiefbraune Haut hatte, wie ein Hawaiianer etwa, und dazu kurzes, gekräuseltes Haar, das ihm zusammen mit der leicht platten Nase beinahe etwas von einem

Negrito gab, wie man sie heute noch auf den Philippinen findet, manchmal auch in Malaysia. Nur daß er nicht diesen kleinen Wuchs hatte, er kam nach meiner Schätzung an die zwei Meter heran.

Mir nickte er nur kurz zu, dann griff er sich einen Telefonhörer und verlangte in einem Gemisch von portugiesischen und englischen Brocken, man solle irgend etwas an einem Boot regulieren. Weiß der Teufel, was für ein Landsmann das war. Ich hielt ihn für einen der etwas bedeutenderen Mitarbeiter Victor Chois, denn er hatte sogar einen eigenen Schreibtisch, wie es schien, obwohl zu diesem Typ ein Schreibtisch etwa so gut paßte wie ein Fahrrad zur Frau des Direktors der Bank of China, drüben in der Garden Road.

Und während ich mir das Bild der radelnden Direktorsgattin vorstellte, mitten im Feierabendverkehrschaos, fiel mein Blick auf die Vorderseite des Schreibtisches, die wie eine Glasvitrine gearbeitet war – die zweite Sache, die mich ablenkte: Da stand doch der gleiche Gegenstand, den ich im Büro von Toby Chester in Hongkong gesehen hatte, dem auf großer Segeltour befindlichen Chef des Royal Hong Kong Yacht Clubs – das Etui, um dessentwillen die Versace-Blondine so errötet war, weil in solchen Dingern, wie sie mir umständlich klarmachte, die letzten männlichen Kannibalen von Papua ihr edelstes Körperteil, das was man bei uns in Wanchai in meinen Jugendzeiten schon respektlos die Fortpflanzungsrübe genannt hatte, vor Beschädigungen schützten. Seltsam. Kamen diese Dinger in Mode? Oder waren sie unter Seglern vielleicht ein Geheimtip als Talisman? Stammten sie vom Besuch desselben Trödelbasars irgendwo auf der fernen Insel?

Die ledergepolsterte Tür ging auf, und Mrs. Choi stand da. Ich sah sie zum ersten Mal total überrascht. Sie stotterte, während sich die Sekretärin an ihr vorbeidrückte: „Wie ... konnten Sie wissen ... daß ich hier ...?“

Ich konnte sie durch mein lange trainiertes gewinnendes Lächeln einigermaßen beruhigen, und durch die Bemerkung, daß es sich bei meiner Nase um ein berufsbedingt unfehlbares Instrument der Spurenfindung handelte.

Während sie das verarbeitete, hatte ich plötzlich das Gefühl, beobachtet zu werden. Eine Kopfdrehung belehrte mich, daß der kraushaarige, dunkelhäutige Riese, der so gar nicht in ein Büro passen wollte, mich interessiert musterte, was er vorhin, als er mich zum ersten Mal sah, nicht getan hatte. Er lächelte dabei.

Was für eine Rolle spielte er hier? War er vielleicht ein Surfspezialist? Oder einer dieser Sportmachos, die sich von einem Motorboot an einem bunten Gleitschirm hochziehen ließen? Möglicherweise schnallte er sich Flügel an und segelte über der Bucht? Genauso sah er nämlich aus. Täuschte ich mich, oder schätzte er mich tatsächlich ab? War er einfach neugierig? Oder was?

Ich hielt dem ebenfalls recht sportlich aussehenden Mister Victor Choi die Hand hin und versicherte ihm, daß mir der Tod seines Herrn Bruders, der sich unglücklicherweise direkt neben mir vollzogen hatte, leid täte.

Er nickte, aber die Trauer schien nicht allzu tief zu sitzen.

„Ihr Herr Vater hat mich engagiert“, fühlte ich mich veranlaßt, ihn zu informieren. Er nahm es gelassen, breitete die Arme aus, und während wir an ihm vorbei in sein Büro gingen, seufzte er halblaut: „Mein Herr Vater, ach ja ...“

Er hatte Limonade im Kühlschrank, was für ein Sportunternehmen wohl unerläßlich war. Während wir einander gegenübersaßen, erfuhr ich, daß Mrs. Choi ungeduldig geworden war und ihn auf eigene

Faust besucht hatte. Der schwarze Chevrolet wurde dabei nicht erwähnt. Ich kommentierte das vorsichtshalber nicht. Natürlich war Mrs. Choi nicht verpflichtet, meine Aufsicht zu ertragen, wenn ihr das nicht paßte. Denn ich war ja nicht als ihr Leibwächter von Emerson Choi bestellt worden. Er hatte mich nur beauftragt, parallel zur Polizei eigene Ermittlungen zu führen. Daß ich mich um Mrs. Choi kümmerte, war meine eigene Entscheidung, aber wenn sie mich abzuschütteln wünschte, so würde ich das zu respektieren haben.

Nicht daß ich mich so leicht abschütteln ließ, wenn ich das nicht wollte. Ich würde mir schon etwas einfallen lassen, um Mrs. Choi im Auge zu behalten, denn sie war schließlich eine der wichtigsten Figuren in diesem Spiel.

„Ich kann Ihnen leider auch weiter nichts anderes sagen, als ich meiner Schwägerin gerade mitgeteilt habe“, meldete sich Victor Choi unaufgefordert. Er war ein durchtrainierter Mann mit kurzgeschnittenem, vollen Haar, kräftigen Händen und einem wettergegerbten Gesicht, doch mir schien es, als verfüge er neben diesen körperlichen Eigenschaften über eine keinesfalls zu unterschätzende Intelligenz. Der Eindruck verfestigte sich, während er mir erläuterte: „Ich kann es mir einfach nicht erklären, weshalb ihn jemand töten sollte. Vielleicht erweist sich der Verdacht der Polizei doch eines Tages noch als unbegründet.“

Er sah seine Schwägerin an: „Wir haben hin und her überlegt, nicht wahr? Es ist uns einfach kein Grund eingefallen.“

Mrs. Choi aus Shanghai kommentierte das nicht.

Ich entschloß mich zu einer etwas indiskreten Frage, als Test, denn aus der Art, wie Mister Victor Choi auf sie reagieren würde, konnte ich, wie ich glaubte, Schlüsse ziehen.

„Ist es Ihnen eigentlich gelungen, über die Aufteilung oder Weiterführung des väterlichen Betriebes Einvernehmen herzustellen?"

Es war ein Schuß ins dunkle, aber ich merkte sofort, daß die Kugel nicht einfach in der Luft verschwand – sie traf. Denn Victor Chois Gesicht wurde um ein paar Grade weniger freundlich, und auch seine Stimme war nicht mehr ganz so glatt wie vorher, als er zurückfragte: „Wie meinen Sie das, Mister ..."

„Lim Tok. Ich meine, ob Sie einen Modus der Aufteilung dessen gefunden haben, was Mister Emerson Choi Ihnen beiden zu treuen Händen überlassen will, wenn er sich zurückzieht. Als er mich engagierte, sprachen wir darüber. Sie müssen wissen, daß Mister Emerson Choi und ich uns seit langer Zeit kennen, deshalb verriet er mir, daß Mister Choi Lams Besuch im wesentlichen diesem Zweck dienen sollte."

Nun hatte ich ihm durch meine lange Erläuterung die Chance gegeben, sich ein smartes Sprüchlein auszudenken, aber er nutzte sie nicht, und ich begann, mir Gedanken über das zu machen, was er verbergen wollte, als er kurz angebunden erwiderte: „Wir einigten uns unter anderem darauf, daß wir über das Ergebnis unserer Gespräche nicht zu Dritten sprechen würden."

„Das ist sehr vernünftig", konnte ich mir nicht verkneifen, ihm zu bescheinigen. „Ich nehme an, Mrs. Choi ist in diesem Sinne keine Dritte."

Er nickte flüchtig, was immer das heißen sollte. Jedenfalls war die Angelegenheit für ihn kein Gegenstand von Erörterungen mit mir, das begriff ich. Und damit bot mir dieser clevere Sport-Geschäftsmann ein nicht ganz problemfreies Bild: Was hatte er zu verbergen? Und – verbarg er es auch vor seiner Schwägerin? Sie war unserer Unterhaltung ziemlich gleichmütig gefolgt und sah jetzt demonstrativ auf ihre Armbanduhr, als wollte sie sagen, es ist Zeit, das Gespräch zu beenden, es führt ohnehin zu nichts.

Ich kam ihr zuvor, indem ich mich erhob und Victor Choi versicherte: „Noch einmal, es tut mir sehr leid um Ihren Herrn Bruder. Und es wird sicher Mister Emerson Choi beruhigen zu wissen, daß Sie beide bis zum Ende des Besuches ein Herz und eine Seele waren – eben Brüder."

Für einen Augenblick hatte ich den Eindruck, als verfluche er mich innerlich. Aber dann brachte er ein Lächeln fertig und hielt mir die Hand hin.

Mrs. Choi ließ mich wissen: „Mein Schwager hat mich zu einer Kreuzfahrt eingeladen. Ich werde übrigens auch sein Angebot annehmen, auf einer Yacht zu logieren. Ich habe mir immer schon gewünscht, das einmal tun zu können. Wie heißt das Boot gleich?"

Damit wandte sie sich an Victor Choi, wobei ich den Eindruck hatte, sie legte es darauf an, mir, wenn sie schon ihre eigenen Wege ging, doch wenigstens auf diese Weise mitzuteilen, wo sie zu finden sein würde.

Täuschte ich mich wieder, oder war Victor Choi ungehalten darüber? Er gab ziemlich lustlos Auskunft: „Die Batavia ist es. Aber vielleicht finden wir noch ein schöneres Quartier."

Das erste, was ich nach dem Besuch bei Victor Choi tat, war, bei Avis einen kleinen Mazda zu mieten. Und ich erinnerte mich, als ich zum Lisboa zurückfuhr, wo mir Sung Loh ein günstiges Quartier angeboten hatte, eines der nicht registrierten Zimmer, die hausintern vergeben wurden, an Mu Erh. Auch der Shalali-Mann genannt. Mu Erh wegen seiner krausen Ohren, die an die gleichnamigen Würzpilze erinnerten, und Shalali, weil er auf einem der Musikschiffe, die vor der Küste lagen, gelegentlich als Refrainsänger aufzutreten pflegte, zusammen mit einer Sängerin, die er über seine sogenannte Künstleragentur vermittelte. Ein hilfsbereiter und zugleich ziemlich umtriebiger junger Mann, der Macao wie seine Hosentasche kannte.

Von Sung Loh erfuhr ich, daß er seit einer Woche auf der Freitreppe der großen historischen Sehenswürdigkeit Macaos, der Fassade der Basilica de Sao Paolo, mitten im Zentrum der Stadt, ein lebendes Gesamtkunstwerk betrieb. Ich konnte mir zunächst darunter nichts vorstellen. Auch nicht als Sung Loh mir grinsend bei einem Mittagsbier verriet: „Er läßt von ein paar jungen Weibern, die er gemietet hat, die Varianten der A Ma darstellen. Zum Anfassen!“

A Ma, so weit reichte meine Bildung, war die Seegöttin aus der uralten chinesischen Legende. Der Name Macaos ging auf sie zurück, hieß es, denn unter Kao verstand man in der hiesigen Originalsprache eine Bucht. Und so kam zuerst angeblich die Bezeichnung A-Ma-Kao zustande, und schließlich schliff sich das zu Macao ab, eine Bucht, die zu Ehren A Mas deren Namen trug.

Nun hatte die Landspitze am südlichen Rande Chinas eine kuriose Geschichte, und auch was den Namen betraf, gab es durchaus verschiedene Varianten, aber das kümmerte weiter niemanden als vielleicht die Historiker, die fremden mehr als die eigenen. Sie stritten sich auch immer noch um das Aussehen der Seegöttin. Doch selbst das rührte in diesem Nest Macao niemanden mehr sonderlich.

Schon im Kindesalter, als meine Mutter mich zum ersten Mal nach Macao mitnahm, hatte sie versucht, mir die Eigenart dieses Territoriums und seiner Bewohner so gut es ging verständlich zu machen. Ich erinnerte mich jetzt daran. Zu Beginn des 16. Jahrhunderts kamen die seinerzeit als unternehmungslustigen Seefahrer bekannten Portugiesen nach Macao, das damals noch die chinesische Bezeichnung Ao Men trug und ein leidlich florierender Seehafen war. Allerdings waren die Zeiten rauh, und die größte

Gefahr für die noble Seefahrt stellten Piraten dar, die das Delta des Perlflusses unsicher machten.

Die Portugiesen brachten nun auf ihren Schiffen die ersten Kanonen mit, eine für jene Zeiten beachtliche Waffe. Sie schlossen mit den Ao-Men-Leuten zunächst einen Pakt gegen die Piraten, und China überließ ihnen zum Dank dafür, daß sie die kräftig dezimierten, das Recht, sich in Ao Men niederzulassen und den Hafen zu einem der wichtigsten Umschlagplätze für den Handel im Pazifik, zwischen China, Japan, Korea und Thailand zu machen.

Da liegt übrigens der entscheidende Unterschied zu Hongkong, das den Chinesen durch die Engländer buchstäblich abgepreßt wurde, als Kolonie: Macao überließen die Chinesen den Portugiesen sozusagen freiwillig, gegen ein Pachtgeld, etwa vier Jahrzehnte nach deren Ankunft. Eine Art friedlicher Gebietsabtretung. Der Hafen blühte auf, und es blieb nicht aus, daß die beiden europäischen Kolonialmächte England und Holland, die damals in Ostasien wilderten, einen Versuch nach dem anderen unternahmen, ihn in die eigenen Finger zu bekommen.

Die Holländer scheiterten zuerst. Und die Engländer verloren das Interesse an Macao, nachdem ihr Opiumkrieg gegen China ihnen Hongkong eingebracht hatte. So blieb Macao eine stets etwas verschlafene portugiesische Niederlassung, der die Ehre erwiesen wurde, portugiesische Überseeprovinz genannt zu werden, was zwar an der Verschlafenheit wenig änderte, immerhin aber dem Städtchen eine Menge europäische Eigenheiten brachte, in Lebensweise, Baustil und anderen Bereichen.

Da waren vor allem die Missionare, die das Bild prägten. Noch im 16. Jahrhundert ließ sich ein römisch-katholischer Bischof in Macao nieder. Die Jesuiten erschienen und begannen ihr Bekehrungswerk gegen den überhaupt nicht kämpferischen Konfuzianismus. Macao wurde sozusagen zum Hort der Bekehrer.

Selbst jene Jesuiten, die am fernen chinesischen Hof in Peking, das damals noch Peiping oder so ähnlich hieß, intrigierten, hatten ihren entscheidenden Stützpunkt in Macao.

Die Basilica de Sao Paolo und ihr Priesterseminar erlebten viele Jahrzehnte einer gloriosen Geschichte, als größte christliche Kirche in ganz Ostasien, und der Bau wurde nicht ganz zweihundert Jahre alt. 1835 zerstörte ihn ein Taifun, dem ein Brand folgte. Stehen blieb – ähnlich wie die Reste der alten portugiesischen Forts und Kasematten, die von der Blütezeit Macaos zeugen – die eindrucksvolle Vorderwand der Kirche, zu der eine breite Freitreppe führt, das inzwischen wohl von Touristen am meisten fotografierte Objekt Macaos.

Eine Nase für Chancen hatte dieser smarte Jüngling mit den krausen Ohren schon, das mußte man neidlos anerkennen. Er trug immer noch sein Haar entgegen der gängigen Mode kurz geschnitten, und wohl als Kontrast zu dem, was er hier auf der Freitreppe veranstaltete, war er geradezu konservativ gekleidet, in einen hellen Sportanzug, den ein roter Schlips in seiner Einfachheit betonte: ein Gentleman, der ein halbes Dutzend Puppen tanzen ließ, buchstäblich, denn auf den Stufen standen, lagen, räkelten sich junge Mädchen in den verschiedensten Posen, arg zurechtgemacht, mit Schleifchen und Perücken, nackt bis auf drei Läppchen an den gesetzeskritischen Körperstellen, und im übrigen mit einer Art Goldbronze eingepinselt.

Diese Oberfläche, nicht wischfest, wie sie war, stellte die zusätzliche Attraktion dar, denn ein Bewunderer nach dem anderen strich mit den Fingern genußvoll darüber hinweg und bemühte sich dann, die eingefärbte Hand möglichst lange in diesem Zustand zu bewahren. Mit Aberglauben dieser Art ist in Asien heute noch eine Menge Geld zu verdienen.

Während das ablief, sprach Mu Erh, der Shalali-Mann, seinen erklärenden Text in ein Megaphon. Die Geschichte von der Seegöttin A Ma, der die Phantasie von vielen Generationen verblichener chinesischer Seefahrer immer wieder ein anderes Aussehen angedichtet hatte, bis auf den heutigen Tag: schlank mit flachem Körper, wie das urchinesische Schönheitsideal, oder kräftig und zupackend mit langem Haar, füllig und gemütvoll – was es eben so an Variationen des Geschöpfes Weib alles geben kann, in den männlichen Köpfen. Und – selbst der kleinste Staub Bronze, vom Körper A Mas abgewischt, am Finger haftend, verleihe außer dem Gefühl erhabener Glückseligkeit auch die Befähigung, selbst die schwierigsten Situationen im künftigen Leben spielend zu meistern, das jedenfalls verkündete Mu Erh gerade lauthals durch seine Sprechröhre.

Ich konnte ein Schmunzeln nicht unterdrücken. Ein Bursche mit solchen Ideen würde vermutlich auch nach der Übernahme Macaos durch China nicht so leicht untergehen. Vielleicht ließ er dann im Canidrome eine Ausstellung von Mao-Varianten steigen. Inzwischen stellte sich den ja auch beinahe jeder anders vor.

Ich roch ein teures Deodorant, als er mir völlig unchinesisch um den Hals fiel, weil er mich als den Mann erkannte, mit dem er vor längerer Zeit erfreulich und ertragreich zusammengearbeitet hatte. Eine halbe Stunde mußte ich die Show mit ansehen, dann hatten die A-Ma-Kücken Pause.

Unterhalb der Freitreppe standen ein paar Wohnwagen, in denen verschwanden sie, um sich wieder in Form zu bringen. Wohl auch um neue Goldbronze aufzutragen.

Mu Erh ließ in seinem eigenen rollenden Hauptquartier von seiner Lieblings-A-Ma, die mit ihm zusammen logierte, doch tatsächlich gelbe Limonade auffahren und vertraute mir unter freudigem Gelächter über die gelungene Überraschung an: „Sie waren es, der mich damals, als wir hinter dem Fugu-Killer her waren, auf dieses Gesöff aufmerksam machte. Ich sagte mir, ein so cleverer Detektiv kann eigentlich keinen absolut schlechten Geschmack haben, wenn es um Getränke geht, und probierte es. Ich bin dabei geblieben. Himmlisch! Was führt Sie nach Macao, Meister?“

Er prostete mir zu, und nachdem wir getrunken hatten, sagte ich es ihm. Sein trockener Kommentar war: „Wieder Gift? Warum immer in Macao? Wir haben hier doch keine Tradition in so was!“

Er hörte sich an, was ich inzwischen ermittelt hatte, lauter unschlüssige Einzelheiten, denen es an Zusammenhang mangelte, und nachdem ich ihm meine Vermutung eingestanden hatte, daß Victor Choi an der Sache zumindest beteiligt war, wiegte er den Kopf und bemerkte an seinem halbgeleerten Limonadenglas vorbei: „Heikle Geschichte. Wußten Sie, daß der betreffende Herr ziemlich eng mit der Panda-Gang verbunden ist?“

„Panda Gang?“ Ich hatte keine Ahnung, was das war. Nur daß der Panda ein possierliches Tier ist, dieser schwarz-weiß gefleckte Bambusfresser.

Mu Erh eröffnete mir: „Sie haben sich ihn zum Vereinstier gewählt. Leute, die, kurz gesagt, Gold schieben. Von dort, wo es geringen Wert hat, dorthin, wo der Kurs hoch steht. Das wechselt. Sie haben ein ausgefeiltes System, das sich auf die Börsen stützt. Und – Vorsicht! Sie machen kurzen Prozeß!“

Das brachte mich völlig durcheinander. Was konnte der Inhaber einer Segelschule, gegen den ich einen gewissen Verdacht hegte, mit internationalen Goldhändlern zu tun haben?“

Der Shalali-Mann grinste vergnügt: „Wie ich höre, segeln seine Boote ziemlich weit in der Welt herum. Zum Beispiel bis Papua!"

„Wieso Papua?" Ich erinnerte mich schwach, daß Neu Guinea, die wilde Insel Melanesiens, zur einen Hälfte Indonesien gehörte, während die andere seit etwa zwanzig Jahren unabhängig war. Sehr viel Terra Incognita. Und dann fiel mir plötzlich ein, was die Versace-Blondine in Toby Chesters Hongkonger Yachtclubbüro mir stockend über dieses eigenartige Etui erzählt hatte, und über die letzten Kannibalen in Neu Guinea, die es angeblich noch zum Schutz ihres wertvollsten Organs tragen.

Zu meiner Überraschung lachte Mu Erh nicht etwa laut los, als ich ihm das erzählte, nein, er nickte ernst und bestätigte mir die Geschichte: „Nur daß es dort nicht allein diese zurückgebliebenen Bergbewohner gibt, die mit dem Etui um den Pinsel herumlaufen – es gibt Gold. Sie sind beim Abbau von Kupfererz darauf gestoßen. Und es ist zum Spekulationsobjekt geworden. Wissen Sie, nicht jeder Staat hat wasserdichte Gesetze, und Port Moresby ist nach allem, was ich gehört habe, ein Hafen, in dem alles möglich ist."

„Und dabei mischt Victor Choi mit?"

Er nickte wieder. „Ist in Macao kein Geheimnis. Er hat seine Finger in vielen Geschäften. Seine Partner sind die Pandas. Die sitzen in der Volksrepublik ebenso wie in England oder in Taiwan. Übrigens auch in Hongkong. Oder auf Bali, wo Victor Choi angeblich auch eine Filiale hat. Sind meist unauffällige Kaufleute. Händler, in der alten, guten chinesischen Tradition. Machen eben das Geschäft mit dem Gold nebenbei, das eigentlich ihre Haupteinnahmequelle ist."

Daß es diese Schieberei mit dem Edelmetall gab, überraschte mich nicht sonderlich. In unserem Teil der Welt war so gut wie alles möglich. Und was möglich war, wurde auch betrieben. Allerdings – wo lag die Verbindung zwischen den einzelnen Zweigen der Choi-Familie, denen in Hongkong, Macao und in Shanghai und dem Goldgeschäft? Wie man hörte, hatte die Volksrepublik eine ziemlich rigide Gesetzgebung, was Gold und andere Edelmetalle anging.

„Das hat sie", bestätigte Mu Erh. „Aber darin liegt die Chance ja gerade. Wo es Gesetze gibt, lohnt es sich immer, nach einem Weg zu suchen, auf dem man sie umgehen kann."

Das führte mich nicht weiter. Wenn ich Licht in die Zusammenhänge bringen wollte, die sich hier andeuteten, mußte ich näher an die Akteure heran. Ich selbst oder ein Vertrauter von mir. Das wurde mir umso klarer, als Mu Erh mir lachend erklärte, der eigenartig anmutende Riese mit den Wulstlippen, der gequetschten Nase und dem schwarzen Kraushaar, der mir beim Besuch von Victor Chois Büro aufgefallen war, sei ein Import von genau dieser wilden Insel im Südpazifik, und vermutlich habe man ihn nicht wegen seines Etuis engagiert, sondern aus anderen Erwägungen.

„Ich hatte in meiner Künstleragentur eine angehende TV-Darstellerin unter Vertrag, die bei ihm das Surfen erlernte. Victor Choi hat ihn irgendwo in Port Morresby aufgelesen, oder im Hinterland dort. Er ist das, was man auch einen „Wassermenschen" nennt. Schwimmt wie ein Fisch, taucht, surft – der ideale Trainer ... heißt Uwalu. Victor Choi hält große Stücke auf ihn."

„Du kennst ihn persönlich?"

„Uwalu? Nur aus Erzählungen, und weil ich ihn schon gesehen habe."

„Er kennt dich nicht?"

„Wie sollte er? Wir sind nie zusammengetroffen. Möglich, daß er von meiner Agentur gehört hat – aber nicht sehr wahrscheinlich. Soll übrigens ein Primitivling sein. Analphabet. Kann schwimmen, tauchen, eine Menge anderer Dinge im Wasser, sonst … nun ja, was er auf der Matte kann, ist nicht bekannt geworden."

In diesem Augenblick begann mein Handy, das ich in der Tasche meiner leichten Windjacke trug, zu jaulen. Mu Erh bedeutete mir, ich solle ruhig in seinem Wagen telefonieren, solange ich Lust hätte, er müsse schnell die Einnahmen überprüfen, die seine Wagengefährtin inzwischen zusammengerechnet hatte, und dann müsse er mit ihr wieder auf die Treppe, die Show gehe weiter.

Als die beiden verschwunden waren, klappte ich das Instrument auf und hatte das Vergnügen, am anderen Ende der drahtlosen Verbindung Bobby Hsiang zu begrüßen, ohne daß ich dabei den ätzenden Qualm seiner Bastos um die Nase bekam.

„Neuigkeiten", eröffnete er mir, ohne das Zeremoniell der Begrüßung sonderlich auszudehnen, „unsere Leichenschänder in der Pathologie waren erfolgreich bei der Bestimmung der Todesursache von Choi Lam. Das Gift ist nur vereinzelten Spezialisten überhaupt bekannt und schwer nachweisbar, deshalb die Verzögerung. Es stammt aus einer seltenen, angeblich nahezu schwarzen Orchideenblüte. Die wird gekocht, der Sud wirkt, in geringen Mengen genossen, mit einer Verzögerung von zehn bis fünfzehn Stunden tödlich, ohne daß der Betroffene Unpäßlichkeit spürt. Man kann den Sud auch durch Erhitzen eindicken, zu einer Substanz, von der dann ein winziger Krümel genügt … Herztod. Hilft dir das weiter?"

Ich wußte es nicht genau, aber ich hatte inzwischen meine Vermutungen, und ich fragte zurück: „Wo wächst diese Orchidee?"

„Tropische Gebiete. Sehr seltsames Gewächs."

„Bist du in der Pathologie?"

„Riecht es über das Telefon?"

„Geh an den Computer und laß dir angeben, wo genau das Ding wächst!“

Er bat sich eine Pause aus, und als er sich wieder am anderen Ende der Verbindung meldete, informierte er mich: „Auf einzelnen Molukkeninseln, Celebes, auf den Salomonen und Neu Guinea.“

Da war es wieder: Neu Guinea! Die Kreise, die ich zog, wurden enger.

„Gib mir schnell noch eine Auskunft“, bat ich. „Hat Emerson Choi unter seinen vielen Unternehmungen eine, die mit Gold handelt, legal oder illegal, pur oder zu Schmuck verarbeitet?“

Wieder dauerte es einige Minuten, in denen ich von draußen die Megaphonstimme des Shalali-Mannes hörte, der den Touristen das Glück versprach, das in der Bronze lag, die seine nachgemachten Göttinnen auf dem Hintern trugen. Dann erteilte mir Bobby Hsiang lakonisch die Auskunft: „Weder Gold noch Schmuck. Ist das alles?“

Ich versprach ihm, mich zu melden, sobald ich mehr wußte.

Am Abend traf ich mich wieder mit dem Shalali-Mann. Diesmal auf einem dieser schwimmenden Restaurantschiffe, bei Musik von sogenannten Künstlerinnen, die er betreute, ohne selbst als Refrainsänger aufzutreten.

Mir war eine Idee gekommen, wie wir der Sache um den Tod von Choi Lam vielleicht am besten auf den Grund kämen, und ich gewann den Shalali-Mann als Verbündeten, so wie ich ihn damals gewonnen hatte, als er ein erdolchtes Mädchen unter einer Parkbank an der Uferpromenade fand.

Zuerst brauchten wir ein möglichst schönes und zugleich unternehmungslustiges Mädchen, das nicht gerade den Idealen einer Klosterschülerin nachhing und außerdem den Mund halten konnte.

„Ist vorhanden“, sagte Mu Erh sofort. Er meinte die Schönheit aus dem Wohnwagen. Mir war etwas unwohl dabei.

„Ich hatte den Eindruck, du lebst mit ihr zusammen?“

Er winkte ab. „Wir sind kein Ehepaar, wenn Sie das meinen, Meister. Wir hatten eine Menge Spaß, aber wenn es um Neuentdeckungen geht, ist Patty genau das, was wir brauchen. Und unbedingt zuverlässig.“

Ich erkannte sie sogleich wieder. Sie trat mit drei Hula-Hoop-Reifen verschiedener Farbe auf, einen ließ sie um den Hals kreisen, einen um die Hüften und den dritten um die Oberschenkel – alles gleichzeitig. Nicht gerade die sensationellste Darbietung, zumal Hula-Hoop-Reifen ziemlich schnell aus der Mode gekommen waren, aber die Figur der sich geschickt im Scheinwerferlicht windenden Dame riß selbst die blasiertesten englischen Touristen noch zu Beifall hin.

In der Pause fragte ich sie, ob sie wohl auf meine Kosten Wasserski fahren wollte, bis sie in dieser Disziplin eine Koryphäe wäre. Daß es in Wirklichkeit Emerson Choi sein würde, der die Kosten trug, hatte sie nicht zu interessieren. Sie sagte sofort zu.

„Du meldest sie morgen früh bei Air-Sea-Dreams an“, trug ich Mu Erh auf. „Als Künstlerin hat sie da Sonderwünsche frei. Sie will von diesem ... Urwalduhu betreut werden, von sonst niemandem.“

„Uwalu heißt der Mann.“

Das Mädchen schwirrte vergnügt auf die Bühne zurück, für ihre nächste Nummer, in der sie den Leuten vorführte, wie man auf einem Würfel von der Flächengröße eines Verbandkastens Verrenkungen vollführen kann, bei denen sich der normale Mensch Schäden fürs Leben zuzieht, selbst wenn er sie auf einem Fußballfeld nachahmt.

„Was meinst du, wird Victor Choi ihr abnehmen,

daß sie das uneheliche Ergebnis eines Seitensprunges seines Vaters ist?“

Mu Erh war ganz sicher. „Sie wird es so steif behaupten, daß Choi sich überzeugen läßt. Bloß – was ist mit dem alten Choi? Weiß er von dem Kind, wenn der Sohn nachfragt?“

Ich erwiderte: „Laß mich zuerst mit Emerson Choi telefonieren, bevor wir das endgültig abmachen.“ Er wies mir eine der Garderoben, in der ich ungestört war.

Nach einem kurzen, aber inhaltsreichen Gespräch mit dem alten Choi konnte ich dem Mädchen Patty in der Pause nach ihrem Auftritt mit den Reifen in derselben Garderobe die erfreuliche Mitteilung machen, daß sie eines reichen Mannes illegitime Tochter sei, was sie zu Lachtränen rührte. Und ich konnte ihr in der Garderobe in aller Ruhe den Plan erläutern. Sie begriff schnell, was sie tun sollte, und sie fand sogar Gefallen an dem Abenteuer. Mu Erh hatte nicht übertrieben, sie war mit Eifer bei der Sache. Wir würden sehen, ob der Verdacht, den ich hatte, sich bewahrheitete oder nicht. Wenn nicht, würde ich ganz von vorn anfangen müssen. Doch mein Gefühl sagte mir, daß ich das nicht nötig haben würde. Man gewinnt in diesem Beruf ein Feeling dafür, wenn man sich auf der richtigen Spur befindet.

Das Mädchen Patty würde morgen das Training bei Uwalu aufnehmen und ganz nebenbei durchblicken lassen, „aus welchem Hause sie kam“. Es schien, daß sie sogar ziemlich neugierig darauf war, ausgerechnet bei diesem Urmenschen aus „Niugini“ in die Lehre zu gehen. Sie zupfte an ihrem Fransenpony, als wir wieder an unserem Tisch saßen und versicherte uns im Tonfall einer Präsidentenmörderin: „Ich werde sehr schnell alles über ihn wissen, was wichtig ist. Und ich werde eine hervorragende Spionin sein!“

Während sie zum letzten Mal an diesem Abend die

Sache mit den Reifen vorführte, in einem Gewitter von japanischen Fotoblitzen, tranken Mu Erh und ich ein letztes australisches, garantiert schaumfreies Bier, das so ähnlich schmeckte, wie es aussah. Dabei einigten wir uns darauf, daß wir am Morgen, nachdem Patty sich angemeldet hatte, mit Mu Erhs Motorboot eine ausgedehnte Besichtigungsfahrt in die Gewässer unternehmen würden, in denen sich Fahrzeuge von Victor Choi aufhielten und er selbst seine Lektionen abhielt. Oder der Kraushaarige.

8. Kapitel

Das, was Mu Erh bescheiden ein Boot nannte, lag im inneren Hafen, etwas mehr als einen Kilometer nördlich der Bucht, in der Victor Choi sein Unternehmen betrieb. Und es war eine handfeste Untertreibung, diesen schnittigen Flitzer einfach als Boot zu bezeichnen. Der Motor hatte vermutlich so viele Pferdestärken wie ein mongolisches Gestüt, und die elektronische Ausrüstung des Fahrzeugs konnte es in jedem Falle mit der eines Zollkreuzers aufnehmen: Selbst harmlose Wasserscooter erschienen haarscharf auf dem Bildschirm.

Die Automatiksteuerung war auf dem letzten Stand. Und dazu hatte Mu Erh noch eine Menge zusätzlicher Kinkerlitzchen auf dem ‚Boot‘, vom Nachtsichtgerät bis zur Polizeisirene war alles vorhanden. Der Proviant konnte ein halbes Dutzend Matrosen mit gesegnetem Appetit durch einen langen Polarwinter bringen, und die unter Deck geschickt angeordneten Kojen waren nicht weniger komfortabel als ein Hotelbett unter zweihundertsiebzig Dollar.

„Ich höre keinen Motor!“ rief ich Mu Erh zu, der das Steuerrad drehte.

Er lachte. „Besser lauschen! Sehr leise!“

Gegen Mittag sichteten wir die „Batavia". Eine Luxusyacht, auf deren Deck es sogar ein winziges Badebecken gab. Victor Choi war durch das Fernglas zu erkennen, auch Mrs. Choi. Ein paar Bedienstete in weißen Jacken servierten Getränke. Der dunkelhäutige Krauskopf lungerte in der Nähe des Ruders in einem T-Shirt herum, das eine Aufschrift hatte, die nicht zu entziffern war.

Nichts eigentlich, was einem besonders auffällig erscheinen konnte. Eine Art Firmenausflug. Hauptpersonen der Chef und seine Schwägerin, die an einem Tisch saßen und die Fahrt sichtlich genossen.

Die ‚Batavia' folgte in etwa der Fährenroute, an der Südspitze vorbei auf Tapa zu, die Insel, die durch eine unendlich lange Brücke mit der Halbinsel Macao verbunden war.

Hier stiegen die beiden Passagiere aus. Victor Choi zeigte seiner Schwägerin die Landschaft um das Basin herum. Wir gondelten solange draußen vor der Küste entlang, bis wir durch unser hervorragendes Fernglas erkennen konnten, daß die beiden sich wieder anschickten, an Bord zurückzukehren.

„Sie werden in Richtung Coloane fahren", vermutete Mu Erh. Das war die südlichste zu Macao gehörende Insel, zu der von Tapa aus ein Damm führte.

Er behielt recht. Wir fuhren, um unauffällig zu bleiben, voraus, obwohl es gerade um diese Zeit in den Gewässern hierherum so viele Fahrzeuge gab, daß die Vorsicht beinahe unnötig erschien. So machten wir eine Anlegestelle in der Gegend von Black Sands ausfindig, nicht weit vom Badestrand entfernt, an dem sich eine Menge Touristen tummelten.

Coloane war für viele Badelustige ein Geheimtip geworden, denn außer Black Sands gab es noch etwas weiter ostwärts den Strand von Choc Van, der ebenfalls gern von Besuchern genutzt wurde, die sich in Macao bereits ein wenig auskannten. Hier gab es bei allem Komfort, den man sich leisten wollte, doch noch genau das Quantum Ruhe und Ungestörtheit, das einem das Gefühl vermittelte, die lästigen Seiten der Zivilisation los zu sein.

Mrs. Choi machte keine Anstalten, sich etwa unter die sonnenhungrigen Strandleute zu mischen. Sie legte keinen Badeanzug an, obwohl sie hier selbst mit einer schlechteren Figur kaum aufgefallen wäre. Sie zog es vor, auf einer Terrasse ein Eis zu löffeln, wobei sie das Kunststück fertigbrachte, es zu verspeisen, bevor es in der Hitze zerrann, und sich gleichzeitig dabei mit Victor Choi angeregt zu unterhalten. Reife Leistung. War das ein Ausflug? Genau das, was Victor Choi angedeutet hatte, und nichts sonst? Es schien so.

Als wir am Nachmittag zurückfuhren, lag die „Batavia“ etwa eine halbe Meile vor uns. Es geschah auf der Yacht absolut nichts, was unsere Aufmerksamkeit in besonderer Weise hätte wecken können. Und an Victor Chois Pier in Macao angekommen, stiegen die beiden aus und rollten mit dem dunklen Chevy westwärts, in Richtung Zentrum.

Es gehörte nicht viel Phantasie dazu, sich auszurechnen, daß sie eine Mahlzeit einzunehmen gedachten nach der langen Fahrt.

Um diese Zeit merkte ich, daß ich den Shalali-Mann um einiges unterschätzt hatte. Nachdem wir angelegt und das Boot gesichert hatten, machte er mir nämlich in einem Tonfall, in dem man etwa äußert, daß man sich eben noch eine Zeitung kaufen möchte, den Vorschlag: „Wann steigen wir bei ihm ein? Heute?“

„Bei Victor Choi?“ Es war eine dumme Frage, denn natürlich wußte ich genau, daß er nur den meinen konnte. Er überging das. Machte mich nur aufmerksam: „Wenn heute nacht, dann sollten wir gleich Josü engagieren.“

Nach und nach folgte ich seinem Gedanken. „Du meinst, wir finden in seiner Geschäftsstelle etwas von Interesse?"

„Er wohnt auch da."

„Ich will wissen, ob du erwartest, einen Fund zu machen, der uns weiterhilft!"

Mu Erh konnte so erbarmungswürdig arglos gucken, daß man versucht war, ihn für einen katholischen Meßdiener zu halten. Er zuckte die Schultern und sagte: „Wenn man an einem toten Punkt anlangt, muß man eine neue Region aufsuchen."

Pompös kann er auch reden, registrierte ich. Aber natürlich steckte in seinem Vorschlag eine Chance. Deshalb ging ich darauf ein: „Und wenn wir es heute nacht versuchen?"

Er deutete ohne weitere Erklärungen auf den von mir bei Avis gemieteten kleinen Mazda, der unweit der Anlegestelle geparkt war und kommandierte sanft: „Fahren wir. Zu Josü Hortos."

Als ich ihn wenig später im Auto fragend ansah, bequemte er sich zu der Auskunft: „Richtung Pereira. Am schnellsten sind wir dort, wenn wir an der Küste entlang fahren und dann nach rechts abbiegen. Ich sage Bescheid."

„Und wer ist Josü Hortos?"

Er zündete sich eine Zigarette an und hustete erst einmal statt einer Antwort. Immer wieder. Ich sah davon ab, die Frage zu wiederholen.

Hortos stellte sich als die Art von Geschäftsmann heraus, der außer einem winzigen Namensschild an der verdreckten Tür einer umfunktionierten Garage in einer Nebenstraße der Ribeira im wesentlichen Talent auf den Gebieten der Mechanik und Elektronik sowie einschlägiges Werkzeug und gute Beziehungen besaß.

Von der Mutter schien er die Augenlider und die kleine Nase geerbt zu haben. Der Rest erinnerte an

Portugal. Er strich sich über sein stoppeliges Bürstenhaar, als ihn Mu Erh begrüßte, und eine Weile parlierten sie auf portugiesisch, bis ich Hortos einfach die Hand hinhielt und mich vorstellte.

„Ich weiß“, sagte er gelassen. „Wieviel ist drin?“

Ein Geschäftsmann, der offenbar keine komplizierten Verhandlungen schätzte. Mu Erh schaltete auf englische Rede um und schlug, ohne mich zu befragen, vor: „Ich denke, fünfhundert Dollar wären angemessen.“

Bevor ich überhaupt zu Worte kam, wollte Hortos wissen: „Hongkong?“

„US“, informierte Mu Erh ihn und mich zugleich.

Der Elektroniker verzog nicht einmal das Gesicht, als er seelenruhig bemerkte: „Unter einem Braunen spielt sich nichts ab.“

Ein „Brauner“ war ein Tausend-Dollar-Schein. Eine Menge Geld. Unlängst hatte der kleine Bengel Lum in Aberdeen mir einen Handzettel zugesteckt, der sicherte mir für einen Tausender zu, daß je nach Wahl jemandem mindestens drei Knochenbrüche zugefügt würden (ohne Lebensgefährdung), ein Auto in die Luft gesprengt, oder eine Schwiegermutter auf einer Insel im Gebiet um Port Shelter herum ausgesetzt würde, wo nur alle vier Wochen eine Fähre anlegt. Auch die Herbeischaffung einer minderjährigen Jungfrau (mit ärztlichem Zertifikat) aus Laos war möglich.

„O.k.“, hörte ich Mu Erh zu Hortos sagen, während ich noch über die laotische Jungfrau nachdachte. Vermutlich hatte der Shalali-Mann recht, je länger wir handelten, desto höher würde Hortos den Preis treiben. Doch wofür eigentlich? Mu Erh erklärte es mir, während Josü Hortos sich zu einem Schrank am Ende seiner Werkstatt zurückzog, wo er in einem Packen Papier zu wühlen begann.

„Er ist der absolute Spezialist für jede Art von elektronisch gesteuerten Alarmanlagen. Die bei Victor

Choi hat er selbst mit gebaut, als er noch bei der Firma Casa Securа Chefmonteur war. Jetzt ist er selbständig ... Guter Freund von mir. Kein Risiko."

Nun gut, es war nicht mein Geld, sondern das von Emerson Choi.

Der Elektroniker war in der Tat sehr selbständig, denn es dauerte knapp zehn Minuten, und er hatte einen Schaltplan gefunden, den er kurz betrachtete, worauf er ihn in den Haufen Papier zurückschob und wieder zu uns kam.

„Wann?"

Als Mu Erh „Heute abend" sagte, verzog er nicht einmal das Gesicht. Wollte nur wissen: „Wielange braucht ihr?"

„Drin? Vielleicht eine Stunde." Der Shalali-Mann blickte mich fragend an. Aber ich hatte ja nicht einmal eine Ahnung, wonach wir eigentlich suchen sollten. Trotzdem nickte ich automatisch.

„Tresor?"

„Sicher", gab Mu Erh dem Elektroniker Auskunft. Ich erinnerte mich, einen gesehen zu haben. „Allerdings kenne ich die Marke nicht."

Josü Hortos bemerkte gleichmütig: „Ich kenne sie. Den Privattresor auch?"

„Hat er einen?"

„An der Westseite, zum Wasser hin, wo seine Privaträume liegen."

„Nun gut, dann diesen auch."

„Und das alles in einer Stunde?"

Mir fiel dazu nichts ein. Aber eine Stunde war viel Zeit, wenn man sie richtig nutzte. Also nickte ich wieder. Hoffte nur, daß das Abendessen, zu dem Victor Choi seine Schwägerin sicher ausführen würde, wenigstens eine Stunde dauerte.

„Wer spannt?"

Es war ein Gespräch unter Fachleuten, eigentlich wäre ich völlig überflüssig gewesen.

Mu Erh gab zurück: „Den besorgst du!“

„O.k.“, sagte Hortos, „aber der kostet nochmal zweihundertfünfzig.“

Ein Blick von Mu Erh zu mir. Ich nickte. Was hätte ich sonst machen sollen!

Der Elektroniker hielt mir eine bemerkenswert saubere Hand hin, schweigend.

Ich zählte eintausendzweihundertfünfzig Dollar ab, aus der Reserve, die ein Mann wie ich, der zuweilen auf ungewöhnliche Dienstleistungen angewiesen ist, bei sich hat. Damit war das Geschäft verabredet.

Wir trafen uns, nachdem Victor Choi, wie ich es gehofft hatte, mit seiner Schwägerin zu einem Restaurant in nördlicher Richtung abgefahren war, auf einem der Parkplätze, von dem aus man nicht nur gute Sicht über die Lagerhallen und das Bürogebäude der Air-Sea-Dreams hatte, sondern auch über die kleine Bucht, in die die Piers wie ausgestreckte Finger ragten.

Der für Victor Chois Yacht reservierte Platz war von der „Batavia“ besetzt, auf der es Licht gab. Unser „Spanner“ hatte beobachtet, daß sich der große Kraushaarige dort aufhielt.

Die ganze Gegend war mit mildem Mondlicht übergossen. Keine dieser kohlschwarzen Nächte mit tiefhängenden Wolken, sondern eher eine romantische, in der Liebespaare die Bänke am Ufer belegten.

Ich blieb zunächst allein zwischen den wenigen Autos zurück, die um diese Zeit hier noch abgestellt waren. Den späten Nachmittag hatte ich damit verbracht, mich, von Victor Choi unbemerkt, in dem Restaurant, in dem er mit seiner Schwägerin den Kaffee einnahm, mit Mrs. Choi vor der Tür der Damentoilette zu treffen. Ganz zufällig, wie man das in unserer Branche nennt. Und so diskret, daß es auch sonst niemandem auffiel, wie ich hoffte.

Sie war überrascht, hier auf mich zu stoßen, aber sie gab mir ohne zu zögern Auskunft. „Wir werden heute abend im ‚Mogul' essen. Ein Freund von Mister Choi führt es."

„Die Yacht?"

„Bleibt am Pier."

„Lange Nacht?"

Sie musterte mich mit einem empörten Blick. „Wie soll ich das verstehen?"

Ich zog mich aus der Affäre, indem ich ihr weismachte, ich würde eine Schlafpause schätzen, in der ich sie nicht zu überwachen hatte.

Darauf ließ sie mich wissen: „Wir werden etwa eine Stunde nach Mitternacht zurück sein. Das hat mir Mister Choi versichert. Sein Mitarbeiter Uwalu wird solange auf der Yacht bleiben. Ich werde dann dort schlafen."

Uwalu! Der kraushaarige Gigant mit den Wulstlippen! Sie mußte gemerkt haben, daß ich über ihn nachdachte, denn sie erläuterte mir: „Er kommt aus Papua. Ist ein ausgezeichneter Navigator."

Eigentlich hätte ich ihr jetzt einige Sorgen beichten müssen, die ich dieses Mannes wegen hatte, aber ich unterließ es. Victor Choi sollte ihr keine Verwirrung ansehen, wenn sie von ihrem kurzen Ausflug in die Damenabteilung zu ihm zurückkam. Es war zu früh, eventuelle Gegner vielleicht durch eine Unvorsichtigkeit aufmerksam zu machen, daß ihre Spur aufgenommen worden war.

Deshalb verabschiedete ich mich so förmlich wie man das vor der Tür einer Damentoilette machen kann: „Ich wünsche Ihnen viel Spaß!", und dann verschwand ich durch den Gang, der an der Kaffeeküche vorbei in eine der unzähligen Kopfsteingassen der Innenstadt führte.

Und jetzt sah ich für einen Augenblick Josü Hortos. Er mußte in der Tat ein begnadeter Fachmann sein, denn mit der Tür des Gebäudes der Air-Sea-Dreams hielt er sich nicht einmal drei Sekunden auf.

Wenig später folgte ihm Mu Erh. Den Spanner konnte ich nirgendwo entdecken. Offenbar auch ein exzellenter Fachmann. Mu Erh hatte mir versichert, er sei da, und er stünde über eines dieser praktischen kleinen Sprechfunkgeräte dauernd mit Hortos in Verbindung.

Mu Erh erschien nach knapp fünf Minuten wieder im Eingang des Bürobungalows und gab mir das verabredete Signal.

Es grenzte an ein Wunder, mit welcher Schnelligkeit Josü Hortos die Sicherungsanlage außer Betrieb gesetzt hatte. Da sich vor allen Fenstern dichtschließende Jalousien befanden, konnten wir uns in dem Gebäude mit Hilfe unserer Taschenlampen schnell orientieren. Während Mu Erh sich im Büro umsah, wo Hortos innerhalb einiger Minuten den Safe öffnete, ohne das Schloß zu beschädigen, interessierten mich die auf die Bucht zu befindlichen Privaträume Victor Chois.

Auch hier gab es einen kleinen Safe, für den Josü Hortos lediglich ein abschätziges Lächeln übrig hatte. Er operierte eine Weile an dem Schloß herum, und als die Tür aufging, riet er mir: „Wenn Sie damit fertig sind, rufen Sie mich, ich schließe ihn so, daß keine Spur bleibt."

Es war Geld da, das ich so liegen ließ, wie ich es vorfand. Dafür interessierte mich einer der verschiedenfarbigen Ordner, in dem ich zu meiner Überraschung eine Zusammenstellung aller Besitztümer und Einnahmequellen von Emerson Choi fand.

Ich hatte mir eingebildet, über die Geschäfte des alten Tycoons in Hongkong einigermaßen im Bilde zu sein, doch ich merkte, daß mir da einige dicke Fische entgangen waren, die in dieser Sammlung des Sohnes verblüffend akribisch aufgeführt wurden. Mein Respekt vor dem Geschäftssinn des Alten wuchs im gleichen Maße wie meine Verwunderung, weshalb der Sohn dies hier so lückenlos zusammengetragen hatte. Und im Hinterkopf begann die Frage zu bohren, was die hier vorliegende Aufstellung über eine beachtliche Erbschaft wohl mit dem Tode eines der fraglos Erbberechtigten zu tun haben könnte. Bisher war das eine instinktive Erwägung gewesen, nun wurde es mehr.

Es handelte sich um Kopien, also sicher nicht um eine Aufstellung, die der Vater selbst übergeben hatte. Gezeichnet war keines der Blätter.

Was bedeutete das?

Hortos guckte mir über die Schulter. „Wollen Sie das vielleicht kopiert haben?“

Ich fand das unnötig. Außerdem hatten Kopierer ein Zählwerk, und man wußte nicht, ob die letzte Zahl registriert war. Keine Spur hinterlassen! Victor Choi hatte Interesse an dem, was auf ihn und den Bruder wartete, wenn der Vater auf diese oder jene Weise aus dem laufenden Geschäft ausschied, das erwies sich hier. Nun war zuerst der Bruder ausgeschieden. Endgültig.

Ich besah mir alles genau. Auch ein Verzeichnis der Ansprechpartner für die verschiedenen Unternehmungen im Ausland fand sich. Nichts über Gold. Das war wohl doch kein ernstzunehmender Zweig von Emerson Chois Geschäften.

Es gab Schubladen und Schränke, deren Inhalt sich nicht von dem unterschied, was man in den Wohnungen anderer Leute der annähernd gleichen Einkommensklasse hätte finden können. Auch die scheinbar recht geordneten Geschäftsunterlagen von Air-Sea-Dreams – uninteressant.

Hortos erkundigte sich angelegentlich: „Fertig mit dem Stahlkasten?“

Ich bat ihn: „Verschließen Sie den Safe wieder.

Ohne Spuren!“ Er lächelte nur, und er ging so routiniert zu Werke wie zuvor. Zwischendurch sprach er in ein kleines Sprechfunkgerät, das aus seiner Hemdtasche ragte: „Was zu sehen?“

Als Antwort kam ein Krächzen, aber Hortos schien daraus zu entnehmen, daß es keine Ursache für Beunruhigung gab.

Ich besah mir alles, was in den Büroräumen herumlag, öffnete weitere Schubladen. Aus dem Augenwinkel heraus beobachtete ich, wie Mu Erh immer wieder den Kopf schüttelte.

„Alles Geschäftsquatsch“, bermerkte er kleinlaut. „Listen von Kursanten, Adressen von Firmen, Preiskalkulationen für Segeltörns ...“

Offenbar hatten wir eine Niete gezogen, denn mit dem Wissen allein darüber, daß Victor Choi die Geschäfte des alten Herrn genau ermittelt hatte, war nicht viel zu beweisen. Entweder war dieser Victor Choi so harmlos wie ein Säugling, oder er verstand es meisterhaft, das zu verbergen, was er tatsächlich zu verbergen hatte.

Selbst der Tisch, an dem jener kraushaarige Insulaner telefoniert hatte, als ich zum ersten Mal dagewesen war, barg keine Überraschungen.

Bis Josü Hortos, der nun kaum noch etwas zu tun hatte, das seltsame Etui entdeckte, in der Vitrine an der Vorderseite des Schreibtisches.

Ich wurde darauf aufmerksam, als er laut lachte. Er deutete auf das Ding, das er mit seiner Taschenlampe anleuchtete, und verkündete belustigt: „Nun seht euch das Riesenrohr mal an! Jetzt möchte ich wissen, ob das eine Nachbildung für Touristen ist, oder ob die Kerle von der Insel da unten wirklich so gigantische Dinger zu verpacken haben.“

Vorsichtig, damit keine Abdrücke zurückblieben, schob er die Glasscheibe beiseite, griff sich das hier wie eine Reliquie ausgestellte Etui und drehte sich von uns weg, um es anzuprobieren.

Mu Erh tippte an die Stirn: „Du bist so dumm wie mein linker Schuh! Sie machen die Röhren in einer Gasse hinter dem Vasco-da-Gama-Denkmal für die Touristen, als Attraktion, aus jungem Bambus. Das weiß doch jeder! Da paßt vermutlich auch ein Unterarm rein, die wollen damit die Käufer zum Staunen bringen.“ Er schüttelte den Kopf.

„Irrtum!“ ließ sich Josü Hortos kichernd vernehmen. „Da drin habe nicht mal ich mit meinem Instrument Platz! Komme nicht bis ans Ende. Alles Schwindel mit den gewaltigen Neu-Guinea-Dingern! Das ist ja kürzer als ... Augenblick ...!“

Er unterbrach sich.

„Nun tu uns den Gefallen und führe es uns nicht noch vor!“ bat sich der Shalali-Mann aus.

Aber Josü Hortos dachte nicht daran, sich um den Spaß bringen zu lassen. Er knöpfte seinen Hosenstall nach beendetem Test seelenruhig wieder zu, drehte sich zu uns um und hielt seine Taschenlampe so, daß sie ins Innere des Neu-Guinea-Etuis leuchtete. Verzog das Gesicht und verkündete: „Natürlich, das kann ja nicht klappen, da steckt was drin, an der Spitze.“

„Hoffentlich eine Klapperschlange“, meinte Mu Erh.

Hortos klopfte mit dem hölzernen Ding gegen die Schreibtischkante und fing geschickt auf, was herausfiel. Es war keine Klapperschlange, sondern eine Kapsel aus elastischem, durchsichtigen Plastik, mit einer bräunlichen Masse gefüllt.

„Opium“, bemerkte Mu Erh. Es klang sachverständig, aber Hortos schüttelte den Kopf, als er die Kapsel geöffnet und an dem Inhalt gerochen hatte

„Das ist kein Opium“, stellte er fest.

Mu Erh schnupperte in den Behälter und bestätigte: „Hast recht, das ist kein Opium. Aber was dann?“

Hortos bewegte unschlüssig die Schultern. Dann

grinste er, als ihm einfiel: „Vielleicht der Balsam für die immerwährende Bereitschaft, von dem die Apotheker immer erzählen."

Apotheker! Es war wie ein Stichwort für mich. Etwas klickte in meinem Denkapparat. Ich ließ mir die Kapsel geben. Roch daran. Das Zeug war so gut wie geruchlos.

Aus Hortos' Sprechgerät in der Hemdtasche kam, diesmal klar verständlich, die Mitteilung: „Immer noch alles ruhig!"

Ich hätte nicht sagen können, was mich auf den Verdacht gebracht hatte, außer dem Wort „Apotheke", das Hortos ahnungslos benutzte. Ein Aphrodisiakum?

Möglich. Aber ebensogut konnte das auch etwas ganz anderes sein. Ich sah mich um und entdeckte einen Filzstift, der auf dem Tisch herumlag. Unter den belustigten Blicken von Mu Erh und Hortos, die mit frechen Kommentaren nicht sparten, praktizierte ich mit meinem Taschenmesser ein erbsengroßes Stück der braunen, klebrig-zähen Masse in die Verschlußkappe des Filzstiftes, steckte sie ein, und dann gab ich das Signal zum Rückzug, nachdem ich dafür gesorgt hatte, daß Hortos das Etui wieder an seinen alten Platz gelegt und die Scheiben geschlossen hatte.

„Ende!" hauchte Hortos in sein Sprechgerät. Ich vergewisserte mich überall nochmals, daß nichts in Unordnung gebracht worden war. Die Safes waren beide wieder fachmännisch verschlossen. Unsere nächtliche Suchaktion war wohl wirklich zuende.

Nachdem Mu Erh und ich im Mondschatten der Lagerhallen waren, schaltete Hortos das Alarmsystem wieder ein, und als er bei uns ankam, erkundigte er sich: „Schluß?"

Mu Erh sah mich an.

„Schluß", bestätigte ich und griff in die Jackentasche, wo die Dollars steckten.

Hortos wechselte noch ein Wort über das Sprechgerät mit dem unsichtbaren Spanner, dann machte er eine etwas ungelenk ausfallende Verbeugung und sagte: „Empfehle mich für weitere Dienste!"

Er war verschwunden, bevor ich mich so richtig bedanken konnte.

„Zum Boot?" wollte Mu Erh wissen.

Ich überlegte. „Wielange brauchen wir bis Hongkong?"

„Mit meinem Boot?"

„Bist du so schnell wie die Hydrofoils?"

„Nicht ganz. Sie wollen wirklich, daß wir nach Hongkong schippern?"

„Sofort. Auf jeden Fall sind wir morgen früh dort, oder?"

Er sagte mürrisch, das wären wir selbstverständlich, und dann fragte er: „Was springt heraus, wenn wir in Sheung Wan anlegen, bevor sie auf dem Western Market Frühstück fertig haben?"

Ich zeigte ihm Dollarscheine, die ich noch in der Jackentasche hatte, und wir schafften es bis Sheung Wan tatsächlich, bevor die Sonne über den Horizont lugte.

9. Kapitel

„Du mußt mit deinem Kopf gegen einen Spieltisch im Lisboa gerannt sein!" schimpfte Bobby Hsiang, als ich ihn über sein Privattelefon weckte. Ich war einer der wenigen Leute, die seine Nummer kannten.

Als er hörte, daß ich mich mit ihm treffen wollte, steigerte sich seine Ungehaltenheit noch. Er warf mir vor, ihn gezielt um seinen verdienten Nachtschlaf zu bringen, bis ich ihm dann erzählte, wir hätten bei Victor Choi etwas gefunden, das ihn im Zusammenhang mit dem toten Bruder sicherlich interessieren würde.

„Wo bist du?“ wollte er wissen. Ich sagte es ihm.

„Warte in der letzten Imbißbude an den Ferry Piers auf mich. Eine Stunde werde ich brauchen!“

Das war großzügig geschätzt für den Morgenverkehr im Zentrum. Aber mir konnte es recht sein, ich hatte ohnehin Appetit auf ein Frühstück. Und was Bobby als „letzte Imbißbude“ an den Ferry Piers bezeichnete, war in Wirklichkeit ein recht gemütliches Lokal, wenngleich ein Holzbau, aber man konnte darin zu jeder Tageszeit eine gepflegte Mahlzeit bekommen, wie sie im Mandarin etwa den zehnfachen Preis hatte.

Mu Erh hatte seine eigenen Geschäfte zu erledigen. Wir verabredeten uns für den Mittag am Boot, und ich konnte mir in dieser letzten Bude tatsächlich noch ein ausgezeichnetes europäisches Frühstück mit leicht amerikanischem Einschlag einverleiben, bevor Bobby erschien.

Er war hungrig wie ein Hai, und erst als er ebenfalls Spiegeleier auf Schinken, Cornflakes, Kaffee und Obst vertilgt hatte, ließ er sich herab, die Substanz zu beschnuppern, die ich in der Kappe des Filzstiftes aus Victor Chois Büro in Macao mitgebracht hatte.

Er ließ sich eingehend erklären, wo sie versteckt gewesen war, was mir die Chance gab, ihm die Funktion jenes kuriosen Papua-Etuis zu schildern. Zuerst tippte er an die Stirn und knurrte mich an, ich solle ihn nicht am frühen Morgen schon veralbern. Aber dann merkte er, daß ich keinen Spaß machte, und daß an der Sache etwas Überlegenswertes war. Nachdem er die zweite Tasse Kaffee hinter sich hatte, brummte er etwas versöhnlicher: „Gib das Ding her, ich werde es den Laborkerlen zeigen.“

Ich warnte ihn noch: „Nicht anfassen! Ich glaube, da besteht Lebensgefahr!“

Er war nachdenklich geworden. Vor allem wollte er wissen, ob ich einen Weg sähe, Mrs. Choi gegen etwaige Überraschungen abzuschirmen. Als ich ihm mitteilte, dazu müßte sie auf meine Vorschläge etwas williger eingehen, gab er wieder ein Knurren von sich und bequemte sich zu dem halblauten Eingeständnis: „Die Dame ist aus dem Mutterland. Ihr Mann ist schon hier umgekommen. Wenn ihr selbst nun auch noch etwas zustößt, möchte ich nicht der sein, den der neue Polizeichef nach der Übernahme Hongkongs durch das Mutterland befragt, was sich denn um diese Shanghaier Bürgermeisterfamilie hier abgespielt hat. Pensionierung ist da wohl noch das Harmloseste, was passieren kann."

Mir lag auf der Zunge, daß ich ja kein Beamter war, sondern Privatmann, und daß nach den bisher bekannt gewordenen Übernahmebedingungen Privatleute wie ich ihre Profession weiter ausüben könnten. Aber angesichts von Bobby Hsiangs Besorgnis, die man ja verstehen mußte, erwähnte ich das lieber nicht. Erzählte ihm statt dessen von der Aufstellung der Unternehmungen des alten Emerson Choi, die in Victors Safe lag, und machte ein Gesicht wie ein christlicher Engel, als er sich erkundigte, wie es kam, daß ich den Inhalt fremder Safes so genau kannte.

Er fragte nicht ein zweites Mal. Bobby Hsiang kannte mich lange genug, um zu wissen, daß ich mir Rat wußte, wenn es sich um den Zugang zu einer solchen Lächerlichkeit wie einem Safe handelte.

„O.k.", schlug er mir vor, „ich fahre jetzt zum Labor. Willst du mitkommen?"

Mir war eingefallen, daß es da diese Blondine in Toby Chesters Büro im Yacht Club gab, die ich fragen könnte, ob denn Toby von seinem Törn im Süden wieder zurück sei, in seinem Büro, in dem es zufällig auch ein solches Etui gab wie in dem von Victor Choi. War das purer Zufall?

„Ruf mich an, wenn die Laborkulis etwas herausgefunden haben", beschied ich Bobby. „Ich muß unbedingt in der Zwischenzeit etwas anderes erledigen."

„Du willst nicht etwa in Victor Chois Filiale in Wanchai seinem hiesigen Geschäftsführer an die Gurgel, wegen des Einbruchs der beiden Kerle in deinem Büro?"

„Das hebe ich mir noch eine Weile auf", versprach ich ihm.

Bobby nickte. „Ich wollte dich nur warnen. Da haben wir inzwischen auch die Finger drin. Tsa Ping und seine Leute tun kaum noch etwas, ohne daß wir davon erfahren."

„Hat er auch eine blonde Sekretärin?"

Bobby verstand nicht, auf was ich damit anspielte, und er riet mir, gelegentlich wieder einmal gründlich auszuschlafen, auf daß sich meine Gedanken klärten. Dann winkte er der Kellnerin und teilte ihr freundlich mit: „Der Herr möchte zahlen!"

Ich hatte Glück. Die Versace-Blondine im Yacht-Club-Büro verriet mir freundlich, Toby Chester sei just an diesem Morgen zum ersten Mal wieder in seinem Büro. Ob sie mich anmelden solle. Ich versprach ihr über das Telefon, in einer halben Stunde dort zu sein.

Tobys Schmuckstück hatte diesmal ein so kurzes Kleid an, daß es gut und gerne als Bauchbinde für eine Manila der Sonderklasse hätte durchgehen können. Sie strahlte, als sie mir die Tür zu Tobys Allerheiligstem öffnete.

Er empfing mich mit dem Angebot, einen irischen Whisky auf unser Wiedersehen mit ihm zu trinken und grinste anzüglich, als ich ihm erzählte, seine Sekretärin habe mir die seltene Trophäe gezeigt, die er von seiner Kreuzfahrt im Bismarckarchipel mitgebracht hatte.

„Whisky oder nicht?"

Ich verzichtete. Er goß sich an seinem Kühlschrank einen ein und verriet mir dabei: „Das Futteral, ja, seltenes Stück! Weil benutzt. Die Dinger, die du hier auf den Basaren kaufen kannst, oder auch in Port Moresby, haben hingegen nie Inhalt gehabt, haha!"

Er öffnete die Vitrine neben dem Kühlschrank und gab mir die Rarität in die Hand. Das kam mir gelegen, ich stellte das Ding auf den Kopf und schüttelte, was Toby mit Erstaunen beobachtete. Er fragte: „Meinst du, da ist noch einer drin?" Es fand sich nichts in der Röhre.

Immer noch lachend kippte der Yacht Club Boß seinen Irischen. Am Vormittag! Die Sitten in Hongkong gingen bergab, seitdem der Termin für den Abzug der gebildeten Engländer festgelegt war.

Ich gab mir Mühe, Toby Chester einigermaßen begreiflich zu machen, was es mit meiner Neugier auf sich hatte. Er hörte sich das alles geduldig an, dann fiel ihm ein, daß wir immer noch vor der Vitrine standen. Er komplimentierte mich in einen Sessel, und nachdem er sich mir gegenüber niedergelassen hatte, mit dem noch nicht ganz leeren Glas in der Hand, erkundigte er sich: „Wie sagtest du, war der Name dieses Mannes aus Papua, der da in Macao bei Victor Choi sitzt?"

„Uwalu."

„Uwalu!" Er wiederholte es überrascht, so als hätte er Anlaß, zu staunen. Nachdenklich leerte er sein Glas, und dann beschrieb er mir den Kraushaarigen, so gut man einen solchen Typ eben beschreiben kann. Immerhin, die Charakteristik war zutreffend, und ich äußerte den Verdacht, er meine genau den Mann, der sozusagen als Victor Chois Assistent operierte, in Macao, Air-Sea-Dreams.

Es dauerte eine Weile, ehe Toby ziemlich versonnen sagte: „Ja, Uwalu."

Dann lachte er laut, stand auf und holte sich weitere zwei Finger (waagerecht) Whisky. Als er den ersten Schluck davon hinter sich hatte, grinste er mich aus seinem Sessel heraus an und fragte: „Was kostet die Information?“

Ich äußerte echte Verwunderung: „Gar nichts. Du scheinst den Mann zu kennen?“

„Alter Bekannter von mir. Nicht sehr erfreuliche Bekanntschaft. Aber, wie meine betenden Landsleute immer sagen – niemand entgeht auf lange Sicht den Augen Gottes!“

Immer unter der noch nicht bestätigten Voraussetzung, daß jener Uwalu aus Macao auch tatsächlich der war, den Toby Chester meinte, erfuhr ich eine erstaunliche Geschichte.

„Ich war mit einem australischen Ehepaar unterwegs. Residieren seit vielen Jahren in Hongkong. Sie hatten mich als alte Clubmitglieder engagiert. Kreuzfahrt, kombiniert mit der Erledigung eines kleinen Geschäftes in Papua. Bist du je in Port Moresby gewesen?“

„Was sollte ich dort?“

Er nickte verständnisvoll. „Dann weißt du wohl auch nicht, was in diesem Teil der Insel los ist?“ Er nahm schnell noch einen Schluck Irischen.

„Keine blasse Ahnung“, bekannte ich.

„Klar. Also – da machen sie heute Milliarden. Riesentagebaue im Inneren der Insel. Bagger, für die du eigentlich vier Augen haben müßtest, statt der üblichen zwei, um sie mit einem Blick ganz zu erfassen. Meist amerikanische Gesellschaften, die da schürfen. Australier auch. Vor allem Gold. Das Ehepaar, mit dem ich unterwegs war, hatte von einem Stammesfürsten im Bergland schon seit einiger Zeit die mündliche Zusage für ein Gebiet zur Ausbeutung erhalten. Der Skandal ereignete sich kurz bevor wir dort ankamen. Ein Mann namens Uwalu hatte, wie es in allen Zeitungen stand, angeblich im Auftrag einer großen internationalen Gesellschaft für gutes Entgelt besagten Stammesfürsten umgebracht, damit dessen Nachfolger die Konzession nicht an meine Australier sondern an die Gesellschaft verkaufen konnte. Nun weißt du, woher ich den Herrn Uwalu kenne – wobei das zuviel gesagt ist, persönlich habe ich ihn nie gesehen, er verschwand. Aber das ist eine andere Geschichte ..."

Daß er wieder einen Schluck nahm, gab mir die Chance festzustellen: „Ziemlich rauhe Sitten da, wie?"

„Das ist milde ausgedrückt. Man macht sich keine Vorstellungen, was in solch einem sogenannten Entwicklungsland heute vor sich geht, wenn es sich um Bodenschätze handelt. Beispielsweise um Gold, wie in diesem Falle. Dieser Uwalu war übrigens aus dem Stamm, dem dieses Gebiet eigentlich gehörte. Hatte sich aber an die Küste aufgemacht. Chancengrabscher. Gibts dort in Mengen."

Er besann sich, sprang auf, drückte den Knopf der Sprechanlage auf seinem Schreibtisch und rief ins Mikrofon: „He, Rhonda, oben links in dem Fach mit den Fotosammlungen liegt eine Mappe mit Aufnahmen aus Niugini. Steht ‚Trip mit Coltran' drauf. Her damit!"

An den Umgangston würde ich mich erst gewöhnen müssen, wenn ich hier arbeitete, dachte ich, aber da war schon die Versace-Blondine, die Rhonda hieß, wie ich nun erfahren hatte, hereingewischt. Sie schob sich in ihrer überbreiten Bauchbinde so unwiderstehlich graziös ins Zimmer, daß ich gar nicht merkte, wie ich mich aus meinem Sessel erhob. Auch nicht, daß Toby darüber verständnisvoll grinste.

Als die Tür hinter Rhondas Hintern wieder zufiel, kommandierte Toby: „Hinsetzen! Hier!"

Ein paar Fotos, wie man sie auf einer Segeltour macht, waren in der Mappe, die er mir hinhielt, aber sie waren uninteressant im Vergleich mit einer ebenfalls in der Mappe befindlichen Zeitung mit dem Namen „Port Moresby Star“. Ich war verblüfft. Auf der Titelseite prangte ein Foto des Kraushaarigen, den ich zuletzt in Macao gesehen hatte.

„Ist er das?“

„Er ist es“, gab ich zurück. Dann las ich die Schlagzeile FREISPRUCH MANGELS BEWEISES und den Text, der etwas detaillierter das wiederholte, was mir Toby gerade erzählt hatte. Daß dieser Herr Uwalu einen Stammesfürsten namens Musoa höchstwahrscheinlich getötet hatte, und zwar mit Gift, was aber niemand beweisen konnte, weshalb Herr Uwalu straflos ausging und das Territorium, das der nun tote Stammesfürst einem australischen Käufer namens Coltran zugesagt hatte, jetzt vom Nachfolger des Fürsten an die Schürfgesellschaft sowieso verkauft würde. Unvorstellbare Goldreserven in nur wenigen Metern Tiefe. Die Schürfgesellschaft würde – blablabla – die Bewohner des Gebietes umsiedeln und entschädigen, auch Arbeit könnten sie bei der Firma finden – blablabla – und man würde, obwohl man dazu nicht verpflichtet wäre, eine großzügige Spende – blablabla …

Aus einer kursiv gedruckten Passage ging hervor, der besagte Fürst sei an einem Gift gestorben, dessen Rezeptur seit Jahrhunderten in den Geheimrezepturen der Eingeborenen des betreffenden Gebietes zu finden wäre. Ein Rechtsanwalt sei dem Beschuldigten von einer im portugiesischen Macao ansässigen Firma gestellt worden, wahrscheinlich verbänden sich damit auch Geschäftsinteressen, obwohl die Firma …

„Air-Sea-Dreams!“ murmelte ich.

Toby ging nicht darauf ein. Er machte mich nur aufmerksam: „Auf der Rückseite findest du ein Bild von den Coltrans und mir!“

Ich drehte das Zeitungsblatt um. Da war ein älteres Paar an der Reling einer Yacht, zwischen ihnen der hemdsärmelige Toby. Darüber stand AUS DER GESELLSCHAFT. Bedeutende Geschäftsleute, die Port Moresby einen Besuch abstatteten, der nun leider nicht den gewünschten Erfolg brachte …

Toby war dabei, sich an seinem Kühlschrank einen weiteren Irischen einzuschütten. Dabei erkundigte er sich: „Was hat er denn diesmal angestellt? Wieder einen ausgeblasen?“

„Ich hoffe, es bleibt bei dem einen“, gab ich zurück. Ich war von dem was ich da innerhalb weniger Minuten erfahren hatte, noch etwas benommen.

Tobias Chester lachte: „Willst du nicht doch einen auf den Schreck trinken? Erzähl mal, was da läuft.“

Ich konnte ihm gerade ein paar Andeutungen machen, da jaulte mein Handy in der Jackettasche, und Bobby Hsiang teilte mir kurz und bündig mit: „Es ist das gleiche Zeug. Was fällt dir jetzt ein?“

Ich nahm mich zusammen: „Ich muß zusehen, daß Mrs. Choi begreift, was da gespielt wird. Und vielleicht kann ich über den Polizeimacher in Macao etwas erreichen … ich glaube, er heißt Senhor Cordan!“

Toby griff sich an die Stirn und lachte leise: „Dieser faule Nichtsnutz! Viel Spaß!“ Und nachdem ich das Gespräch mit Bobby Hsiang beendet hatte, fragte er mich ernst: „Ich hörte den Namen Choi. Ist das Emerson? Ich denke, der ist seit ein paar Jahren Witwer?“

„Gemeint ist seine Schwiegertochter. Aus Shanghai.“ Während er bedächtig an seinem Whisky lutschte, setzte ich ihn ins Bild, was da vorging. Dem Alkohol war es wohl zuzuschreiben, daß er am Schluß nur bekümmert den Kopf schüttelte und mir wünschte, ich möge das alles heil überstehen.

Von Rhonda nahm ich Abschied mit dem Versprechen, todsicher wiederzukommen.

Während ich auf dem Boot wartete, daß Mu Erh zurückkam, überlegte ich, wie ich von jetzt ab vorgehen konnte. Je länger ich darüber nachdachte, desto unwahrscheinlicher wurde es für mich, daß Polizeichef Cordan mir wirklich würde helfen können. Britische Kolonialbürokratie war schlimm, aber portugiesische trieb einen zur Verzweiflung. Am besten, ich nahm die Sache selbst in die Hand und hielt mich nicht so eng an Vorschriften. Und da erinnerte ich mich an jenen Mister Coltran, von dem bei Toby die Rede gewesen war. Kurz entschlossen griff ich nach dem Handy und wählte den Clubboß noch einmal an.

Er war in einer seligen Vormittagsstimmung, aber Toby vertrug ein paar Gläser, und als ich ihn fragte, ob jener Mister Coltran eventuell Interesse daran haben könnte, sich dafür erkenntlich zu zeigen, daß ihm damals sein Geschäft kaputt gemacht worden war, begriff er sogleich meine etwas verschlüsselte Frage und erkundigte sich: „Mit anderen Worten, du brauchst ein paar Leute, die in Macao etwas für dich erledigen?"

„Sagen wir besser für Mister Coltran."

„Oder so. Wieviel zahlst du?"

„Anständiges Honorar. Habe ich das jemals nicht gemacht?"

„Genügen zwei Mann?"

„Genügen."

„Wann?"

„Schick sie mit einem Boot. Einem schnellen, bitte. Aber erst, wenn ich dich aus Macao anrufe."

Er sagte, es sei o.k. und legte auf. Einfach so. Und ich dachte darüber nach, wie die Sache im einzelnen zu machen sein würde, denn ich hatte erst sehr vage Vorstellungen von dem, was laufen sollte.

Mu Erh hörte sich, während wir westwärts schipperten, die Geschichte aus Port Moresby an, und dann riet er mir dringend ab, den Polizeichef Cordan auch nur mit einem einzigen Wort auf die Angelegenheit aufmerksam zu machen. Er gab mir zu bedenken, daß Uwalu in Macao einfach nicht zu überführen sein würde. Dafür würde schon Air-Sea-Dreams sorgen, die hatten Rechtsanwälte an der Hand, mit denen sich weder Cordan noch ein anderer Beamter in der Verwaltung überhaupt anzulegen wagte, egal aus welchem Grunde.

„Hast du eine Ahnung, was die jemanden auf die Hand zahlen können, wenn es darum geht, etwas zu vertuschen?"

Ich hatte zumindest genug Ahnung, um mir das vorstellen zu können. Unter den Beamten in Macao gab es kaum einen, der allein von seinem Gehalt lebte. Deshalb war das, was Mu Erh sagte, der Anlaß, daß ich mir sorgfältig zu überlegen hatte, wie in dem Falle überhaupt weiter vorzugehen war.

Vielleicht war es am besten, die Behörden ganz aus der Sache herauszuhalten? Möglicherweise mußte man wieder einmal Wege gehen, die in den Gebrauchsanweisungen für Gerechtigkeit nicht verzeichnet waren. Und wenn, dann als abschreckende Beispiele.

Von dem Steg, an dem wir in Macao anlegten, konnten wir die „Batavia" sehen. Victor Choi schien sich viel Zeit für seinen weiblichen Gast zu nehmen, denn er war schon am frühen Nachmittag auf dem Boot. Doch dann tauchte dort ein Bote auf, und der schien eine wichtige Nachricht für den Chef zu haben, denn Choi verließ das Boot und fuhr mit ihm davon.

Wenig später fiel Mu Erh ein, er müsse sich wieder einmal um seine Truppe kümmern, die ja weiterhin auf der Freitreppe vor dem Rest der Basilica de Sao Paolo die Geschichte der Seegöttin A Ma mit den bronzierten Mädchen nachstellte. Wie er befürchtete, könnte der Bursche, den er in seiner Abwesenheit mit dem Verlesen der Texte beauftragt hatte, eigenmächtig Kürzungen vornehmen, aus Faulheit.

Das erwies sich sogar als eine nicht ganz unzutreffende Vermutung. Um die bronzebepinselten Schönheiten herum, das sahen wir schon aus dem Auto, als ich Mu Erh dort absetzte, wimmelte es inzwischen von Schaustellern und Händlern aller Art. Da hatten sich, um die Aufmerksamkeit, die die Göttinnen erregten, für sich zu nutzen, Verkäufer von Stärkungsmitteln, Brillengestellen und gebrauchten Gebissen aus dem Nachlaß Verstorbener eingefunden, Anbieter von Spielkarten mit heiklen Darstellungen europäischer Liebestechniken auf der Rückseite, die dem Abgebrühten das Gewinnen erleichtern sollten, es gab Vogelhändler, Verkäufer von gefärbten Perlen und handgeschriebenen Erinnerungen eines Eunuchen am Hofe der letzten chinesischen Kaiserin. Da lagen Weihrauchstäbchen aus und Schlüsselbundanhänger mit kopulierenden Elephanten aus Messingguß, ein Fakir stieß sich angeblich echte französische Hutnadeln durch beide Backen, und bei einem Wahrsager zog ein zahmer Zebrafink gegen ein paar Patacas in bar den Brief mit dem auf Schilf-Bütten gedruckten persönlichen Schicksal aus dem Vorratsstapel. Ich probierte es und erfuhr, daß mich eine Unmenge Glück erwartete, außerdem die Gesundheit eines Büffels und das Bankkonto eines Devisenspekulanten.

Ich besah mir das alles, während Mu Erh mit den Zähnen knirschte, denn so hatte er sich die Entwicklung seiner Idee eigentlich nicht vorgestellt. Aber nach einer Weile besann er sich. Es gab für die Händler und Schausteller keine Konzession, hier ihr Geschäft zu betreiben. Mu Erh hatte eine für seine Bronzeschönheiten. Also pfiff er seinen Stellvertreter herbei und trug ihm auf, ab sofort bei den neuen Nutzern des Menschenauflaufs zu kassieren.

„Sie zahlen hundert Petacas am Tag, oder sie hauen ab. Im Weigerungsfall werden sie verprügelt!“

Geschäft ist Geschäft, sagte ich mir. Ich war nicht erstaunt, als die Neuen auf der Treppe ziemlich alle ohne Protest in die Tasche griffen.

Ich besann mich auf die „Batavia“, und auf eine alte Liebhaberei, der ich zuweilen, zusammen mit meiner Freundin Pipi, in Hongkong nachging, nämlich das Herumfahren auf dem Meer in Küstennähe mit einem dieser praktischen, entfernt einem Motorrad verwandten kleinen Wasserscooter, mit denen man schneller als mit jedem Boot war.

Es war unumgänglich geworden, daß ich mit Mrs. Choi Verbindung aufnahm, sofort, und sie über die Gefahr aufklärte, die vermutlich von diesem Kraushaarigen für sie ausging. Nach dem, was ich von Toby Chester erfahren hatte, war ich noch unruhiger geworden als ich vorher gewesen war, während sich Mrs. Choi in der Gesellschaft Victor Chois und dessen Dieners befand.

Also fuhr ich zu Air-Sea-Dreams zurück, und zwar nicht zu Victor Chois Geschäftsbungalow, sondern zum Trainingszentrum, das in einer der langgestreckten Hallen in Küstennähe lag.

Wie bei jedem anspruchsvollen Unternehmen gab es auch hier ein paar blondierte Empfangsdamen, weil Blond gegenwärtig in war. Eine von denen stürzte sich sogleich auf mich, um mir die Liste aller Angebote der Firma Air-Sea-Dreams aufzusagen.

Sie erklärte mir auch gleich die Sache mit dem Wellenreiten, auf das viele Leute scharf waren, mit dem es aber wegen des sogenannten Küstenshelfs, das die Voraussetzung für eine Wellenbildung von Format sei, gewisse Lücken gab.

Ich wußte ohnehin, daß es für Surfbrettakrobaten in unserer Gegend nur Hawaii gab, wo die Wellen stets filmreif anrollten, und als die Schönheit mich zu

Wort kommen ließ, klärte ich sie auf: „Ich wollte einen Wasserscooter mieten, Lady. Kleines Flitzer, mit das man plenty vor Küste herumknattern kann, Schaum hinterlassen und gelegentlich jemanden auf Yacht besuchen, weil Körper von Mann ja in gewissen Abständen ein Bier braucht, und weil wichtiges Mann seine gesellschaftlichen Verpflichtungen erfüllen muß ... savvy?“

Sie hatte sogar Humor, denn sie antwortete mir mit gleicher Pidgin-Münze: „Savvy, Mistah! Du am besten mieten kleinen Yamaha Scooter und knattern raus auf Bucht, plenty schnell, und trinken Bier auf Yacht von everybody.“

Sie lachte. Ich auch. Unter ihrem knallbunten Fetzen, der von knapp über der Brust bis etwas unter den Nabel reichte, trug sie vermutlich nichts als braune Haut.

Ich sah höflichkeitshalber davon ab, sie nach dem Darunter zu befragen. Beließ es bei der Vermutung, die erfahrungsgemäß die Sinne stärker betört als es die Realität tun kann.

„O.k.“, sagte ich zu ihr. „Preis?“

Sie nannte ihn. Die Flitzer lagen am Steg. Ich suchte mir einen aus, und die junge Lady brachte mir die Plastikkarte, die die Zündung einschaltete und mich zugleich als Eigentümer bis zum Abend auswies. Das Wechselgeld übersah ich.

Ringsum war Hochbetrieb. Leute kletterten auf Booten herum, ließen sich erklären, wie sie mit den Segeln umzugehen hatten, wenn der Wind nachließ oder wenn er zu stark wurde, oder wie der Kompaß funktionierte, für den Fall, daß sie die Küste aus den Augen verloren.

Drachenflieger, die sich von Motorbooten hochziehen ließen, machten sich mit dem Gurtwerk vertraut, und Gleitschirmsegler überprüften ihre Leinen. Dazwischen Windsurfer, jene bedauernswerten Geschöpfe, die Spaß daran fanden, entweder nach rechts oder nach links von ihrem Brett zu kippen und dann den letzten Rest Kraft dafür zu verwenden, das Segel wieder aus dem Wasser zu kriegen.

Taucher hockten in Gruppen beieinander und probten den Sitz der Mundstücke, während sie von einem meist an einen Bodybuilder erinnernden Typ über die Gefahren von Korallenbänken aufgeklärt wurden und über die Tücken bestimmter Fische.

Andere wieder waren schon damit zufrieden, daß sie ein Motorboot ausleihen konnten, und sie steuerten es unter großem Getöse vom Steg seewärts, als wollten sie Amerika entdecken.

Wenn man das alles so sah, dazu das Geschnatter der Touristen hörte, in mindestens einem halben Dutzend verschiedener Sprachen, dann bekam man den Eindruck, daß dieses Geschäft mit den Wasserhungrigen blendend lief – und das war tatsächlich so. Victor Choi mochte zwar für seine Ausstattung eine Menge aufzuwenden haben, über Flauten konnte er sich jedenfalls nicht beklagen.

„Was lehrt denn Mister Uwalu eigentlich?" erkundigte ich mich harmlos bei der blondierten Lady. „Ich sehe ihn ja gar nicht!"

Die Dame von Air-Sea-Dreams zog die Stirn in Falten, was ihr tatsächlich gelang, wenngleich nur für Sekunden. „Mister Uwalu macht manchmal Tauchen. Aber meist beschäftigt ihn der Chef im Büro. Sie kennen ihn wohl?"

„Ich gehöre zu den Bewunderern seines Etuis", sagte ich gelassen. Die Lady nickte zwar höflich, aber sie verstand offenbar nicht, wovon ich redete. Und um das nicht so sehr deutlich werden zu lassen, bemerkte sie: „Ist schon ganz früh ausgelaufen."

„Heute?"

„Ja, ja."

Ich blickte mich verwundert nach der „Batavia"

um, und das schien die Schöne zu bemerken, denn sie klärte mich auf: „Mit der ‚Pinocchio', Mister. Die gehört ihm privat."

„Dann macht er einen privaten Liebestrip, wie?" versuchte ich herauszukriegen, ob er Mrs. Choi dabei hatte. Aber die Blondine mit den irritierenden Mandelaugen, die so fröhlich lachen konnten, mußte passen: „Ich weiß nicht, ob mit einer Dame oder nicht!"

„Ach", tat ich familiär, „er hat wohl jetzt eine feste Flamme?"

„Wie ich schon sagte, Mister, ich habe ihn nur allein am Ruder gesehen, als das Boot vom Steg ablegte."

Das Boot. Wieder die übliche Untertreibung, denn die „Pinocchio" hatte ich neulich am Steg gesehen, das war ein Ebenbild der „Batavia", nur vielleicht etwas kleiner. Jedenfalls eine seegängige Yacht mit der unser Krauskopf da unterwegs war. Wenn die Sache sich so verhielt, konnte ich ja beruhigt Mrs. Choi per Wasserscooter besuchen – vorausgesetzt, sie hielt sich auf der „Batavia" auf, während ihr Schwager sich seiner Firma widmete.

„Ich werde Ihre Freundlichkeit so schnell nicht vergessen!" versicherte ich der Service-Blondine zum Abschied formvollendet, dann schwang ich mich auf den Sitz des Scooters, schob die elektronische Karte in den Schlitz, sah das Zündlicht aufblinken und startete.

Es war am besten, so sagte ich mir, wenn ich erst einmal außer Sicht der Lady flitzte. Zurückkommen konnte ich in die Nähe der „Batavia", sobald die Angestellten ihre Aufmerksamkeit von mir abgewendet hatten.

10. Kapitel

Der Yamaha Scooter war ein prachtvolles Fahrzeug, ich hatte diesen Typ in Hongkong schon gelegentlich gefahren. Er machte eine Geschwindigkeit, die mir die Luft eiskalt um die Ohren pfeifen ließ, und gehorchte jedem noch so geringen Steuerdruck, den ich mit dem Lenker tätigte, der dem eines Motorrades ähnlich war.

Ich schoß weit hinaus, dann zog ich ein paar Kreise, ließ das Ding bis auf höchste Leistung kommen und drosselte es dann wieder auf eine geruhsame Fahrt, wie sie zivilisierten Herren im reiferen Alter anstand. Als ich zurückblickte, war die Küste schon ein ziemlich schmaler Streifen am Horizont geworden. Also zurück!

Die „Batavia" schwojte leicht an den Leinen, als ich mit meinem Scooter an das Heck heranglitt, wo sich zwischen Yacht und Steg ein ausreichender Zwischenraum auftat, gleichsam eine Parklücke, in die der Scooter gerade paßte.

An Deck war alles still. Nun gut, Victor Choi war nicht da, das wußte ich. Also schien Mrs. Choi aus Shanghai zu schlafen. Verlängerte Mittagsruhe. War in unserer Gegend durchaus nicht unüblich. Vor allem, wenn man Zeit dafür hatte.

Ich irrte. Wie sehr, das wurde mir mit jedem Raum klar, den ich auf dem Fahrzeug betrat. Weder im Ruderhaus noch im Salon oder in einer der Kabinen eine Spur von Mrs. Choi. Selbst der nachgemacht antike Schreibsekretär, den Victor Choi in einer der Kabinen stehen hatte, die wohl sein privates Refugium war, wies nichts auf, das mir über den Verbleib von Mrs. Choi Auskunft hätte geben können.

Die in frühen Jahren bei der Hongkonger Polizei erworbene Routine führte mich dann schließlich in das pompöse Bad mit seinen Spiegeln und Chromarmaturen, und hier stand die Lösung des Rätsels sozusagen buchstäblich auf Kristall, mit Lippenstift geschrieben: *Nur für alle Fälle – Uwalu holt mich zu einem Ausflug nach Sin A Chau ab: Wollen abends zurück sein! Tse Min*

Ich hockte mich auf einen Handtuchtrockner und überlegte.

Sin A Chau war einer der Geheimtips in Hongkong, wenn man einmal von der sogenannten Zivilisation und der gelobten Prosperität Ruhe haben wollte, für ein paar Stunden, oder für länger. Eins der winzigen Inselchen südlich von Lantau, noch kleiner als etwa Cheung Chau, wo es wenigstens eine Ortschaft gab, und wo einmal die Woche die Fähre anlegte, für den Fall, daß man mit dem eigenen Boot nicht zurechtkam.

Sin A Chau war etwas für Naturfreaks. Allerdings gab es von denen inzwischen auch schon so viele, daß sich eine geschäftstüchtige Hakka-Köchin hier angesiedelt hatte, die früher im Chiuw Chow Garden am Connough Place in fröhlicher Konkurrenz zu den Steaks der Küche des Jardine Houses solche kleinen Köstlichkeiten wie Au Yuk oder Shiu Mai gebrutzelt hatte, Bällchen aus Rindsgehacktem oder süßsauer gedünstete Schweinefleischklößchen – auch die kantonesische Frühlingsrolle war stadtbekannt (soweit man diese Stadt eben überhaupt kennen kann!) – zubereitete: Chi Lin, von den Engländern, die ihre Küche schätzten und regelmäßig kamen, in ihrer gewohnt kollegialen Art „Linny“ genannt. Eine Frau, die wie eine Figur aus einer Kanton-Oper schien, aus einer heroischen möglicherweise, etwa die Hauptdarstellerin der „Kämpfenden Braut“. Breitschultrig, mit Beinen wie Tempelsäulen und Händen, die eine Kokosnuß zerquetschen konnten (so glaubte man wenigstens), aber mit dem Gesicht eines neugierigen

Kindes in einem der Nester oben in den New Territories. Und dem Gemüt eines Wasserbüffels – ruhig üblicherweise, aber zerstörerisch im Zorn.

Sie war angenehm überrascht, als sie mich sah. Linny kannte mich noch aus Polizistentagen, wenn ich auf gemeinsamer Tour mit Bobby Hsiang bei ihr eine Pause eingelegt und eine ihrer unvergleichlichen Frühlingsrollen verzehrt hatte. Als ich an dem etwas klapprigen Steg, wo schon die „Pinocchio" festgemacht lag, meinen Scooter parkte, schoß sie aus dem Flachbau, der mit dem eindrucksvollen Schild CHI LIN'S ISLAND PALACE geschmückt war, und schon aus einiger Entfernung begrüßte sie mich fröhlich: „Hallo Toko, alter Verbrecherschreck! Was macht Wanchai? Und – wie kommst du hierher, ans Ende der Kolonie?"

Ich wies auf meinen Scooter und bemerkte beiläufig, während wir uns vor der Glasveranda etwas eingehender begrüßten: „Über das Ding kannst du lachen, Linny, bloß – ein so feines Boot wie die ‚Pinocchio' kann ich mir immer noch nicht leisten."

Sie feixte. Eine Frau, die mich schon als Schuljungen gekannt hatte. Da wusch sie Geschirr in Kneipen in Wanchai. Das war, bevor die Spülmaschinen solchen Frauen den Job raubten.

„Und ich dachte, du wirst wohl bald mit deiner Kreditkarte im Jackett nach Amerika abfliegen, bevor die Kaiserlichen aus Peking kommen!"

„Den Gedanken traue ich dir zu. Aber du unterschätzt meine Liebe zu diesem Landflecken hier. Gehst du denn weg?"

Sie lachte laut: „Warum? Engländer oder Kommunisten, alles eine Tusche. Solange sie mich hier Ausflügler versorgen und Geld verdienen lassen, ist mir egal, wie das Geld aussieht, oder die Regierung – ich bleibe. Danach gehe ich nach London. An die Börse."

Die alte Linny. Mit ihr konnte man auf diese Art unbeschwert scherzen. Sie war eine Frohnatur, selbst wenn ein Taifun über Hongkong hinweggefegt war, hatte sie das stets nur als einen etwas stärkeren Wind kommentiert, mit genau jener Dosis Ironie, die ihr Wesen ausmachte: „Wieder so ein beschissenes Lüftchen, man kann keine Wäsche auf den Balkon hängen. Vielleicht stürzt ja sogar das Haus ein, dann hat man keine Hose, um ins Peninsula zum Empfang beim Gouverneur zu gehen!“

Ich sah nirgendwo etwas von den Reisenden, die mit der „Pinocchio“ gekommen waren und nutzte die Chance, mich zu erkundigen: „Wo sind die Massen der Besucher? Es waren doch zwei drauf, oder?“

„Ja,ja“, gab sie zurück. „Komisches Pärchen. Die Madame spricht Mandarin. Wie früher die Shanghaier Matrosen, wenn die Dampfer bei uns anlegten. Und der Lockenkopf, den sie dabei hat, erinnert mich an so einen Urwaldmenschen aus einem Dschungelfilm. Damals sprang ihm Charly Chan von einem hohen Baum aus ins Genick, und er war gleich tot. Der Urwaldmensch, nicht Charly Chan.“

Sie deutete hinter ihr Rasthaus und erläuterte mir, die beiden hätten sich erfrischt und wären dann zu einer Safari, wie man das jetzt nannte, ins Innere des winzigen Eilands aufgebrochen. Sie hätte ihnen einen Korb mit Lebensmitteln angeboten, aber den wollten sie nicht schleppen, sie würden später essen.

„Neuerdings wohnen noch ein paar Verrückte außer mir hier, das sind junge Leute, und die betreiben da hinten eine Farm. Züchten diese kleinen Hunde mit der eingebeulten Schnauze.“

„Pekinesen?“

„Ja. Die sollen in Mode sein, neuerdings. Die von der Yacht wollten sie sich angucken. Hundefreunde vielleicht, was weiß ich. Willst du was trinken?“

„Und ob! Limonade!“

„Essen?"

Ich winkte ab. Doch dann überredete sie mich zu ein paar Har Gua. Sie erinnerte sich wohl daran, daß ich diesen gedämpften Garnelenklößchen früher nie hatte widerstehen können. Und weil sie schon dabei war, drehte sie mir auch noch den Rest des Bambusgemüses an, der im Topf schmorte, ebenso wie eine generöse Portion „Wochenend-Reis" mit Leberstückchen, Wasserkastanien und Resten von geschnetzeltem Schwein, süßsauer. Schimpfte dabei gutgelaunt: „Euch Kerlen muß man das Essen am besten noch hineinstopfen, sonst laßt ihr alles aus und ernährt euch nur noch von diesen amerikanischen Buletten aus Wasserbüffel und Maisbrötchen – an die Hühner sollte man Mais füttern, aber an Menschen – abscheulich!"

Es gelang mir nach einer Weile, als wir allein in der Veranda saßen, mit ihr ein ernstes Wort zu sprechen, ihr zu erklären, ich sei nicht gerade zufällig nach Sin A Chau gekommen. Dabei erkundigte ich mich vorsichtig, ob ihr irgend etwas an den beiden Besuchern aufgefallen wäre.

Sie sagte nein. Bloß daß die Frau vom Festland wäre, das höre man an der Sprache. Wahrscheinlich sei sie überhaupt nicht von Hongkong, sondern aus dem Mutterland. Und der dunkle Krauskopf sei wohl ein Eingeborener aus einer rückständigen Gegend, er könne sich nur in einem schauderhaften Pidgin überhaupt verständlich machen.

„Haben sie gesagt, wann sie essen wollen?"

Linny schüttelte den Kopf. „Vielleicht spazieren sie von der Hundefarm noch bis zu den Libellenteichen, sie hätten Zeit, sagte die Frau. Ich habe ihnen süßsaures Huhn versprochen, und sie waren einverstanden."

Also aß ich erst einmal in Ruhe, und als die beiden Ausflügler schließlich in der Ferne auftauchten, stand der Plan fest, nach dem ich vorgehen würde. Es war an der Zeit, die Gegenspieler wissen zu lassen, daß man ihre Spur aufgenommen hatte und sich ihnen näherte. Meist rief das bei Gegnern Panikreaktionen hervor, die der Aufklärung dienten, so oder so. Das zweite ‚so' steht für Detektive, die in dieser Phase des Spiels einen falschen Zug machen, der dann mit ziemlicher Sicherheit ihr letzter ist. Davor wollte ich mich allerdings hüten.

„Hallo!" begrüßte mich Mrs. Choi verblüfft, als sie an Uwalus Seite die Glasveranda betrat. Sie sah frisch und gesund aus, das Wandern in der freien Natur schien ihr besser zu bekommen als die Shanghaier Stadtluft. Leicht verschwitzt, wie sie war, griff sie sich ein paar von den angefeuchteten Frottétüchern, die Linny als perfekte Wirtin bereitgelegt hatte, und wischte sich Gesicht Hals und Arme ab.

Uwalu dachte offenbar nicht an Händewaschen. Er stand währenddessen im Hintergrund herum und verhielt sich ziemlich unbeteiligt. Aber es entging mir nicht, daß er mich immer wieder mit prüfenden Blicken musterte.

Mrs. Choi hatte mich ihm nur kurz vorgestellt, in jenem Küstenpidgin, das er verstand: „Dies Mister Limtok. Hongkong. Großes Freund von Familie Emerson Choi. Sprechen mit mir."

Uwalu nickte. Wie es schien, beunruhigte ihn mein Auftauchen zwar, aber er verstand es, das nicht so sehr zu zeigen. Immerhin beobachtete er sehr intensiv, was ich tat, und daß er offenbar verärgert war, als ich, um ihn auszuschalten, mein Gespräch mit Mrs. Choi in Mandarin führte, war auch zu erkennen.

Meiner Mutter kam das Verdienst zu, daß ich überhaupt noch Mandarin beherrschte, außer dem in Hongkong üblichen Kantonesisch, das ich auf der Straße zwischen den Spielgefährten lernte, und dem Englisch der Schulzeit, der Beamtenzeit bei der

Polizei. Meine Mutter war nämlich aus dem Norden nach Hongkong zugewandert, vor sehr langer Zeit, wie so viele der Leute in der Kolonie.

„Ich bin Ihnen nachgefahren“, teilte ich Mrs. Choi mit, während sie ein paar Stückchen Tofu als Vorspeise verzehrte, „weil ich Sie dringend warnen will.“

„Vor wem?“

Ohne Uwalu anzusehen, sagte ich: „Vor dem Herrn mit dem Wuschelkopf, der Sie heute zum Ausflug hierher begleitet.“

„Was könnte ein Angestellter, der das Vertrauen meines Schwagers hat, schon an Gefahr für mich bedeuten?“

Sie aß ruhig weiter Tofu, und auch Uwalu griff nach einem der in Marinade schwimmenden Würfel. Vorerst fand er sich wohl damit ab, daß er an dem Gespräch nicht beteiligt war.

„Sie erinnern sich, daß das Polizeilabor in Hongkong herausfand, es ist Gift gewesen, das Ihren Gatten umbrachte?“

Sie nickte. Ihr Gesicht blieb ohne Ausdruck von Überraschung oder Erschrecken, als ich fortfuhr: „Es handelt sich um ein Pflanzengift, Mrs. Choi. Aus der Blüte einer bestimmten Orchidee gewonnen. Es bewirkt nach vielen Stunden einen tödlichen Herzstillstand. Ohne daß man vorher etwas davon spürt. Nicht einmal übel wird einem. Erinnert Sie das an etwas?“

„Und das hat das Polizeilabor in Hongkong herausgefunden?“ wollte sie noch einmal bestätigt haben.

„So ist es. Wollen Sie noch wissen, was ich selbst herausgefunden habe?“

Als sie mich schweigend ansah und dabei zu kauen aufhörte, teilte ich ihr mit: „Der Herr, mit dem Sie unterwegs sind, hat genau dieses Gift in seinem Besitz. Ich habe mir erlaubt, das unter Verletzung einiger gesetzlicher Bestimmungen festzustellen. Zeugen sind auch vorhanden. Allerdings weiß er nicht, daß ich es weiß."

Nach einer Weile kaute sie weiter. Unterbrach das Kauen nur, um leise, als könne Uwalu es doch verstehen, zu fragen: „Woher kann er so ein Zeug bloß haben?"

Ich klärte sie auf: „Er kommt von dieser Insel da, ganz im Süden, auf der wächst die Orchideenart, die das Gift enthält."

„Aber – man kann ihn doch nicht deswegen allein verdächtigen, oder?"

Sie war unsicher geworden, die Frau stellvertretende Bürgermeisterin von Shanghai, und es war an der Zeit, ihr mitzuteilen, was Toby Chester mir anvertraut hatte, die Geschichte von seinem Segeltrip mit den Coltrans nach Papua. Von dem plötzlich gestorbenen Häuptling im Hochland und dem Gerücht, ein gewisser Uwalu habe ihn im Auftrage eines konkurrierenden Landkäufers auf genau die Weise umgebracht, wie es später mit Choi Lam geschehen war.

„Freispruch mangels Beweises", sagte ich. „Ich habe die Zeitung selbst gesehen."

„Und der Verdächtige ist dieser Herr, der jetzt für meinen Schwager arbeitet?"

„Er hat ihn eingestellt. Und Sie machen Ausflüge mit ihm."

Sie fuhr auf: „Einen Ausflug, bitte! Nicht im Plural reden! Aber – was sollte der Mann, wenn der Verdacht überhaupt zu recht besteht, von meinem Gatten gewollt haben? Choi Lam war kein Papua-Häuptling, auf dessen Land Bodenschätze Eifersüchteleien auslösen können! Was hätte der Krauskopf davon, einen Mann umzubringen, der sich in Shanghai mit dem Export von Tee beschäftigt? Es will mir nicht in den Kopf. Ein Mensch, der tötet, egal wie und womit, muß einen Grund dafür haben. Ein Motiv. Wo liegt das?"

Wir bekamen eine Pause, denn Linny erschien mit dem gedämpften Huhn. Auf einmal duftete es nach den guten alten Gewürzen, die eine Mahlzeit zu einem Erlebnis der Sinne machen, im Gegensatz zu den geschmack- und geruchlosen Sattmachern, derer wir uns für gewöhnlich an den Arbeitstagen bedienen, im Vorbeigehen meist.

Mrs. Choi schnupperte. Uwalu schnupperte. Und ich machte mir den Spaß, Linny zu bescheinigen: „Du hast nichts verlernt! Es ist eine Dummheit, daß nicht ganz Hongkong bei dir ißt. Und Macao dazu!"

Sie wehrte ab: „Kein Massenbetrieb mit mir, bitte! Essen ist eine individuelle Sache. Man besieht sich die Gäste, spricht mit ihnen, hört ihnen zu, wenn sie ihre Wünsche äußern, daran merkt man alles, was man wissen muß, wenn man die Mahlzeit zu ihrer Freude zubereiten will. Man kann das Gericht auf die Gäste zuschneiden, wie ein Anzugmacher einen seidenen Kimono!"

„Ich sehr viel hoffen, es schmecken Ihnen verflucht gut, Mister", gestattete ich mir zu Uwalu zu sagen, in genau dem Slang, von dem ich vermutete, daß er ihn wahrscheinlich verstand, denn Mandarin oder Kantonesisch, selbst einigermaßen zivilisiertes Englisch traute ich ihm nicht zu.

Mrs. Choi bestätigte das indirekt, denn sie überwand ihren Schock und ermunterte Uwalu sanft auf die gleiche Weise: „Ich wünschen, es gut schmecken, Uwalu, alles plenty scharf und süßsauer, richtig für starken Mann wie du ..."

Er quittierte es mit einem zustimmenden Grinsen. Worauf die Witwe Choi mich wiederum im Mandarin der Shanghaier Gebildeten fragte: „Warum um alles in der Welt sollte ausgerechnet dieser Mann meinen Gatten umbringen?"

Ich widmete mich einem Hühnerschenkel, aß etwas Gemüse dazu und eine Kleinigkeit Reis. Dann unterbrach ich das allgemeine Schmatzen, dem Linny von der Tür her mit Vergnügen zuhörte, mit der Bemerkung: „Ach, da fällt mir ein, ich verirrte mich neulich in eine Kneipe, in der lernte ich einen Einbrecher kennen, einen Mann mit Erfahrung. Wir kamen ins Gespräch, und er beichtete mir, er habe vor einigen Tagen die Pleite seines Lebens erlebt. Hat in der Privatwohnung von Victor Choi, bei dem er immerhin Millionen vermutete, den Safe geöffnet, ohne Spuren zu hinterlassen. Viel Arbeit. Gute Arbeit. Spezialist, eben. Und alles umsonst! Nicht eine Banknote in dem Kasten. Nicht mal eine lumpige goldene Rolex. Keine Aktie. Auch kein Heroin. Alles, was er fand, waren Listen mit genauen Aufstellungen über die Unternehmungen seines Vaters Emerson Choi in Hongkong und anderswo. Alles fein zusammengestellt. Wert, Einnahmen, Verbindlichkeiten. Beeindruckend, sagte er, fand er die Höhe der Werte und der Umsätze, aber das brachte ihm eben nicht einen Penny ein ... ist das nicht drollig?“

Uwalu spuckte ungeniert einen Knochen auf den Fußboden. Ich bemerkte amüsiert zu Mrs. Choi: „Ob ihn Ihr Schwager auch einlädt, wenn er eine Party für die Honoratioren von Macao gibt?“

Sie ließ sich Zeit. Wurde nachdenklich, was man ihr deutlich ansehen konnte. Dann grollte sie: „Mister Lim Tok, ich sehe ein, ich habe Sie unterschätzt. Privatdetektive sind in meiner Denkweise bisher Leute von geringem Wert für die Gesellschaft gewesen. Ich habe Sie für einen Wichtigtuer gehalten, mit wenig Chancen, mir zu helfen. Jetzt sieht es aus, als wäre es an der Zeit, mich dafür zu entschuldigen.“

Eigentlich hatte ich auf der Zunge, ihr zu raten, sie solle sich dabei möglichst nicht an einem Hühnerknöchel verschlucken, aber ich verkniff mir die Bosheit im letzten Augenblick noch. Deutete statt dessen mit dem Oberkörper etwas an, das man für eine

Verbeugung halten sollte, wobei es dienlich war, daß ich keinen Schlips trug, denn Schlipse haben es an sich, bei derartigen Verrenkungen meist mit dem breiten Ende in die Eßschale zu tunken.

„Danke“, sagte ich dann würdevoll. „Sie müssen sich doch nicht entschuldigen. Lassen wir das. Es führt zu nichts, wenn man versucht, Gedachtes ungedacht zu machen. Das sagt schon Lao Tse. Oder war es Li Po?“

„Tu Fu“, korrigierte sie mich milde. „Aber das ist jetzt unwichtig. Was raten Sie mir?“

Uwalu schnippte mit den Fingern, wie Amerikaner, die während des Vietnamkrieges bei uns zum Ausruhen von der Schlachterei Ferien machten, das im „Hibiskus“ praktiziert hatten, dem Lokal in Wanchai, das heute noch meine Mutter bewirtschaftet. Sie hatte es als eine Unhöflichkeit von Format empfunden und meist ignoriert, bis die Gäste begriffen, daß es zu nichts führte, eine gestandene chinesische Wirtin wie einen Laufjungen zu sich zu beordern. Linny allerdings steckte den Kopf durch den Türspalt, ohne Protest, und Uwalu rief ihr zu: „Bier, Madame!“

Uns fragte er nicht, ob wir vielleicht auch Wünsche hätten. Was mich zu der Frage an Mrs. Choi veranlaßte, ob sie vielleicht auch Durst empfinde, nach all diesen ernüchternden Mitteilungen.

Sie schüttelte den Kopf und wollte wissen: „Was raten Sie mir?“

„Würden Sie denn meinen Rat ernst nehmen?“

Sie bejahte, machte ein Gesicht, als wolle sie für alle Sünden ihres gottlosen Lebens büßen.

Ich sagte lakonisch: „Erstens ziehen Sie von der Yacht in ein Hotel. Als Begründung können Sie angeben, Sie hätten jetzt, nach ein paar Nächten, gemerkt, daß Sie auf dem Wasser doch nicht gut genug schlafen.“

„Und zweitens?“

„Sie essen und trinken nichts mehr, was von diesem netten Tarzan neben Ihnen kommt oder von Ihrem werten Schwager. Sie essen überhaupt nichts, wenn auch nur einer von denen in Ihre Nähe kommt, oder in die Nähe des Essens."

„Und Sie?" Ihr Blick war nicht ängstlich, aber ich spürte, daß die Frau von Furcht gepackt war, plötzlich, ihre selbstsichere Fassade löste sich auf, jedenfalls merkte das jemand, der sich auf menschliche Physignomie wenigstens einigermaßen verstand. Ich hoffte nur, daß der Etui-Mann in seinem Instinkt nicht so weit entwickelt war, daß er begriff, wie sich Mrs. Choi veränderte.

Nach meiner Erfahrung haben Leute einen Instinkt, der fast immer milieugebunden ist. Im Mangrovenwald von Papua würde Uwalu mit Bestimmtheit am Klang der Vogelstimmen spüren, daß ihm Gefahr drohte. Ob dieses Gefühl auch noch in der Zivilisation Macaos funktionierte, war zumindest fraglich.

Und darauf baute ich. Sagte fröhlich: „Cheerio, my friend!" als er das Bierglas, das Linny ihm hingestellt hatte, an die Lippen setzte.

Er grinste vergnügt: „Bier gut. Drink für Götter!"

Weitere Ausführungen sparte er sich, der Durst war offenbar größer als sein Mitteilungsdrang.

„Ich werde einige Schlingen auslegen", gab ich Mrs. Choi endlich Auskunft.

„Darf ich Sie inzwischen im Lisboa anmelden?"

Sie nickte. Man konnte ihr immer noch ansehen, daß ihr meine Mitteilungen an den Nerv gegangen waren.

Uwalu schien das indessen nicht wahrzunehmen. Oder täuschte ich mich da? Um ihm das Gefühl zu geben, er sei durchaus nicht von unserem Gespräch ausgeschlossen, wandte ich mich direkt an ihn, in genau dem Slang, der an allen Küsten des Pazifik verstanden wird: „Du kommen von weit? Australia?"

Er gab sofort Auskunft: „No, Sir, Papua. Niugini. Plenty schönes Land."

„Ah!" machte ich und vollführte dabei mit Daumen und Zeigefinger der rechten Hand eine Bewegung, die ebenfalls an allen Küsten des Pazifik, ja selbst im tiefsten Inneren der Länder verstanden wird, und zwar als Geldzählen.

Ich hatte mich nicht getäuscht, denn als ich dazu sagte: „Bloß lausig schlecht machen Money dort, oder?" bestätigte er mir: „Du sagst es!"

Ich vermutete, daß er diesen und eine Anzahl anderer Ausdrücke wohl von Victor Choi aufgelesen haben mußte, vielleicht auch von seinen Tauchschülern, denn er schoß noch das Ding mit den Krabben ab, das mir als Uralt-Gag auch aus verschiedenen Kneipen hierherum bekannt vorkam. Angelte sich eine der Krabben, die uns Linny als Zwischengericht aufgetischt hatte und nörgelte: „Guckt sich an wie Spinne! Nix Krabbe. Ist Spinne!"

Seeleute pflegten auch in Hongkong heute noch auf diese Art die Gastwirte aufzuklären, daß sie einen Whisky als Rabatt schätzen würden.

„Chinamann kochen in Niugini?" fragte ich ihn.

Bevor er antwortete, trank er erst sein Bier aus, schnippte mit den Fingern, und als Linny das leere Glas abgeschleppt hatte, um es neu zu füllen, sagte er, wieder mit diesem Grinsen im Gesicht: „Chinamann machen Chow plenty gut. Aber Chinamann stinken."

Er fing an, mich zu belustigen, ich hatte immer geglaubt, Vorurteile dieser Art fänden sich nur bei Europäern und Amerikanern. Deshalb parierte ich die Beleidigung, als die es Mrs. Choi empfinden mußte, die sicherlich nicht meine Beherrschung hatte, mit etwas Humor: „O.k. Bloß China Misses nicht stinken. Oder?"

Er war nicht dumm, denn er begriff sofort, daß das auf Mrs. Choi gezielt war, und beteuerte: „Bloß

Chinamann in Niugini. Nix Chinamann in Macao. Oder Hongkong. Andere Chinamann hier. Nix stinken!“

„Das ehrt uns“, bemerkte ich freundlich.

Mrs. Choi lutschte an einer Krabbe, ungerührt, als habe sie keine Ohren am Kopf. Erst nach einiger Zeit bemerkte sie in Mandarin zu mir: „Ich wäre Ihnen sehr verbunden, wenn Sie diesen spinnigen Idioten aus dem südlichen Urwald raten würden, sein Maul mit Essen vollzustopfen, statt Leute zu beleidigen. Riechen Sie nur mal an seinen Haaren!“

„Ich werde mich hüten! Die könnten noch mit dem Bauchspeck von seinem Großvater gedüngt sein!“

„Ich werde Ihren Rat befolgen und ins Lisboa umziehen“, sagte sie, wobei sie Uwalu geradezu huldvoll anlächelte, als wolle sie ihn in der nächsten halben Stunde hinter einem Busch verführen. Die Frau war als Schauspielerin nicht unbegabt. Daß sie im Mutterland Bürgermeisterinnen mit solchen Fähigkeiten hatten, war mir bisher nicht geläufig gewesen. Ich mußte mich beherrschen, um nicht laut herauszuprusten, als sie dem Krauskopf jetzt mitteilte: „Ganz andere Chinamann hier, my pal, sehr richtig, ganz andere, ohne stinken wie in Niugini, gar nicht möglich hier.“

Linny brachte ein Bier nach dem anderen, dann den Nachtisch, der aus einer Unzahl liebevoll in ihren Farben aufeinander abgestimmter Früchteschnitzel auf Eiscreme bestand. Eine Pracht, in die Uwalu ziemlich unzeremoniell hineinlöffelte.

Als wir aufbrachen, wollte der Papua meinen Scooter an Bord der „Pinocchio“ nehmen, aber ich zog es vor, hinter der Yacht her zu fahren.

Ich hätte sie sogar überholen können, ich war auf dem Scooter schneller, aber die Fahrt gab mir die Chance, über die Schlingen nachzudenken, die ich jetzt auslegen würde. Im Kielwasser des gejagten Wildes sozusagen …

Nachdem ich das Fahrzeug samt Elektronikkarte abgeliefert hatte, rief ich zuerst im Lisboa an und machte mit Sung Loh aus, daß Mrs. Choi eines der besten Zimmer der Riesenherberge bekam.

Mu Erh machte gerade Schluß, als ich bei der Freitreppe ankam. Ganz oben sang ein betrunkener Matrose „Rolling home" in der Version für Erwachsene. Dabei wiegte er sich in einer Art Tanz mit einem der bronzierten Mädchen, das schon beinahe alles von der Farbe an ihn losgeworden war.

Ich erzählte dem Shalali-Mann, wo ich gewesen war, und er ließ durchblicken, daß er jeden Augenblick damit rechnete, daß meine Gegenspieler etwas unternahmen. Er habe vorsichtshalber mit einem Polizisten gesprochen, dem er einmal gefällig gewesen war, und der auch Hilfe angeboten hatte, wenn sie nötig wurde, aber sehr begeistert war er nicht gewesen.

„Sitzt im Büro von Senhor Cordan. Ist aber bei weitem nicht so faul wie der. Viel kann er nicht tun. Will er auch nicht. Aber ich habe gedacht, es kann nicht schaden, zu den Polizisten wenigstens eine Art Draht zu haben, sie sind eben die einzige Autorität weit und breit."

„Wir fahren zur ‚Pinocchio'", schlug ich Mu Erh vor. „Helfen Mrs. Choi beim Umzug ins Lisboa, und anschließend gehen wir mit ihr zusammen essen ..."

Er packte seine Utensilien zusammen und schmiß sie in den Wohnwagen. Wir hatten Glück; obwohl es die Abendstunde war, hielten uns keine größeren Staus auf. Die „Batavia" war üppig beleuchtet. Die „Pinocchio" hingegen lag nicht an ihrem Platz.

Als wir die „Batavia" betraten, konnten wir zuerst weder Victor Choi noch Uwalu zwischen einer Unmenge tanzender Paare an Deck ausmachen. Anscheinend waren es nicht die allerhöchsten Honoratioren, die sich hier versammelt hatten, sondern eher ein lustiges Lebevölkchen, wie man es in Kolonien immer wieder antrifft, selbst wenn sie offiziell nicht mehr als Kolonie bezeichnet werden, sondern – wie im Falle Macaos – als „Portugiesische Überseeprovinz“.

Gelächter erfüllte die Abendluft, und eine Musik, die aus mehreren Bordlautsprechern plärrte. Sie bestand im wesentlichen aus dem Dröhnen von Bässen. Noch in der Nähe der Reling fiel mir eine bereits wie Sir Winstons Brandy-Pub riechende Schönheit mit der Oberweite eines Baywatch-Girls um den Hals und drückte mir die Luft ab.

„Hi, mein toller Freund! Laß uns tanzen!“

Nun bin ich schon mit meiner guten Laune am Ende, wenn ich diese Idiotenvokabel „toll“ bloß höre. Aber ich gab mir trotzdem Mühe, höflich zu bleiben und schwenkte den dunkelhaarigen Schnapsflakon einige Male herum, wobei ich erfuhr, daß sie Elizabeth hieß, ihre Freunde sie Lizzy nennen durften, daß sie in Hamburg zu Hause sei, wo es einen Hafen gäbe, der weit bedeutender wäre als alles, was sich in diesem zurückgebliebenen Erdteil Asien anmaßte, den Namen Hafen zu führen. Außerdem sei sie in einer tiefen Sinnkrise, das habe ihr unlängst erst ein Psychiater bestätigt (sie sagte „Pyschiater“). Nämlich ihr Mann sei mit einer Gemischtrassigen durchgegangen, was Gift für sein Image als Kaufmann ist, aber unbelehrbar wie er nun mal sei, habe er sie sitzenlassen ... Ganz plötzlich flippte sie vollends aus, keifte mich an: „Achte gefälligst auf deine Latschen und tritt mir nicht auf die Füße! Allein die Schuhe haben vierundachtzig Dollar gekostet! Aber du bist ja auch so ein gemischter Bastard, der offenbar barfuß aufgewachsen ist, man sollte dich ... !“

Weiter kam sie nicht, denn da war Victor Choi plötzlich hinter ihr erschienen. Er packte sie an ihrer langen schwarzen Haarpracht und zog sie aus dem Verkehr.

„Verpiß dich!“ schnauzte er sie an. „Du hast für drei Mann geladen, jetzt ist Schluß!“

Er übergab sie zwei jungen Männern, die wie zufällig bei ihm auftauchten und wies die beiden an: „Einschließen. Ich will sie hier nicht mehr sehen!“

Er ging hinter den beiden her, die die Tobende abschleppten, winkte mir aber, daß er gleich zu mir käme.

Von der Seite schob sich der grinsende Mu Erh heran und ließ mich wissen: „Sie hat einen daumengroßen Brandfleck unterhalb des Nabels ...“

„Und wie kommt es, bitte, daß du die Gegend unterhalb ihres Nabels kennst?“

Er feixte weiter: „Muß jemand eine Zigarette auf ihrem Bauch ausgedrückt haben.“

Ich vermutete: „Wenn der ebenso besoffen gewesen ist wie sie jetzt, kann ihm niemand verübeln, daß er den Aschenbecher nicht gefunden hat.“

Der Shalali-Mann sagte: „Neulich, auf der Macao-Palace, hat sie sich splitternackt ausgezogen. Es dauerte keine zehn Sekunden, da zeigte sie ihren Hintern und behauptete, es sei der schönste zwischen hier und Khatmandu ...“

„Sie strippt auf diesem Restaurantschiff?“

„Aber nein“, belehrte mich der Shalali-Mann. „Sie war genauso besoffen wie jetzt. Das mit dem Mann stimmt, deshalb säuft sie. Angeblich. Gehörte mal zu den oberen Tausend. Total über die Kante.“

Meine Aufmerksamkeit wurde auf einen indisch aufgemachten Herrn gelenkt, dem man eine kleine Bühne auf dem Achterdeck aufgebaut hatte, wo er nun eine Vorstellung gab. Er ließ Seidentücher die Farbe wechseln, aus verschlossenen Kästen lebende Kaninchen verschwinden, warf Spielkarten in die Luft, wo sie spurlos verschwanden – diese Art von harmlosem Zeitvertreib, der hier in Kreisen von Leuten, die etwas feiner erscheinen wollen, wieder in

Mode kam, wie unter den Millionären etwa das echte Südpolareis zum irischen Whisky.

Ein kleiner, unscheinbarer Chinese schob sich zu mir heran und tippte mir auf den Arm. Ich mußte ein paar Sekunden überlegen, aber dann erkannte ich ihn, es war der bezopfte Hoteldetektiv aus dem „Mandarin Oriental", mit dem mich Sung Loh bekannt gemacht hatte.

„Hallo, Mister Hung!" Ich erinnerte mich sogar an seinen Namen und begrüßte ihn. Wollte gerade fragen, wie ihm der Abend gefiel, ob er gesund sei und das Essen nach seinem Geschmack, aber da kam er mir zuvor: „Nur eine Sekunde Zeit, Mister Lim Tok. Bin als Sicherheitsbegleiter meines Direktors hier. Daß die Gattin des verstorbenen Herrn Choi, nach der Sie sich neulich erkundigten, hier war, wissen Sie?"

„Ich weiß, daß sie in Macao ist. Ist sie unter Deck?"

Er flüsterte: „Ein Diener führte sie von Bord, kurz bevor die Party begann. Ich stand an der Gangway, als er mit ihr ankam. Riet ihr: ‚Seien Sie vorsichtig mit den hohen Absätzen, Mrs. Choi'."

„Eine nicht sehr große, zierliche Chinesin? Haarknoten?"

„So ist es."

„Brille?"

„Setzte sie auf, bevor sie die Gangway herunterstieg."

Gut beobachtet, dachte ich. Aber schließlich ist der Mann mit dem modischen Zopf, von dem heute nur noch wenige Leute wissen, daß er einmal von fast allen männlichen Chinesen getragen wurde, Detektiv. Er hat die Beobachtungsgabe im Blut. Mrs. Choi wird ins Lisboa abgefahren sein.

Als ich die Vermutung aussprach, schüttelte der bezopfte Detektiv den Kopf. „Ich weiß nicht, ob es Ihnen hilft, aber der Diener brachte sie nicht zu einem

Auto, sondern auf die Yacht ‚Pinocchio', die ein Stück entfernt lag. Wenn Sie auf mein Urteil etwas geben – es sah nicht so aus, als ob die Frau ganz freiwillig auf das Boot ging."

„Sie meinen, er nötigte sie?"

Er nickte. „Ein Mann, von dem ich inzwischen erfuhr, daß er noch nicht lange in Macao ist. Kommt von einer entfernten Pazifikinsel. Persönlicher Vertrauter von Mister Choi."

Er unterbrach sich: „Da ist mein Chef, verzeihen Sie – vielleicht konnte ich Ihnen helfen ..."

Er eilte zu einem Mann, dem man schon von weitem den Manager ansah, und stellte sich unauffällig in dessen Nähe auf, mit einem Sektglas in der Hand, das er so vorsichtig hielt, als befände sich Salzsäure darin.

Eine Sängerin löste den Zauberer ab und begann „Honeymoon, Honeymoon ..." zu keifen. Es wurde wieder getanzt. Einer der Kellner hielt mir ein Tablett mit Sektgläsern hin. Er ließ es vor Schreck fast fallen, als ich ihn angrollte: „Ich trinke nur gelbe Limonade, wissen Sie das nicht?"

Während ich darüber nachdachte, was wohl mit Mrs. Choi geschehen war, erschien der Gastgeber wieder und sagte beiläufig: „Verzeihung, Mister ... Lim Tok! Die Dame muß etwas ruhen. Verträgt nichts. Gefällt es Ihnen? Sie trinken nichts?"

Es war Zeit, mit ihm Klartext zu reden, fand ich: „Sie haben Mrs. Choi wegbringen lassen?"

Es entging mir nicht, daß die Frage ihn überraschte. Offenbar hatte er mich weit genug vom Ort entfernt geglaubt, und nun irritierte es ihn, daß ich den Vorgang anscheinend beobachtet hatte.

Er wand sich. „Weggebracht ist vielleicht nicht ganz zutreffend. Tse-min äußerte den Wunsch, im Hotel Lisboa zu wohnen. Ich ließ sie hinbringen."

„Mit einer seegängigen Yacht?"

Er hatte sich wieder gefangen. Nickte freundlich: „Sehr richtig. Mein Mitarbeiter hat für mich etwas im Jai Alai Casino zu erledigen, da oben. Die bequemste Art, dorthin zu kommen, um diese Zeit, ist der Wasserweg, vor der Küste entlang. Bedenken Sie, wielange man braucht, um durch den Verkehr der Innenstadt zu kurven ... Sie hatten Tse-min das Hotel empfohlen?"

Er nannte sie bei ihrem Vornamen. Gab sich unbefangen. Aber hinter der Fassade spürte ich eine gewisse Unsicherheit. Die Geschichte stank.

Ich sagte: „Ja, und ich wollte sie abholen. Zum Lisboa bringen. Nun braucht sie meine Dienste wohl nicht mehr."

Ein Lächeln, eher verlegen, nicht triumphierend: „Wohl nicht, nein. Wenn Sie sich noch ein bißchen amüsieren wollen – bleiben Sie nur!"

Er konnte sich diesen Wink, daß ich eigentlich ungebeten gekommen war, nicht verkneifen. Aber er verbeugte sich ohne Siegerlächeln durchscheinen zu lassen und entschwand. Ein Aal. So glatt jedenfalls. Aber sonst war wohl der Vergleich mit einer Viper eher angebracht ...

11. Kapitel

„Mrs. Choi?" Die adrett frisierte Kurzhaardame an der Rezeption des Lisboa drückte den Knopf des Computers, mit dem die Belegung abgerufen wurde. Dann schenkte sie mir ein Lächeln, das mich zu einer Einladung am Abend nach dem Dienst verleitet hätte, wenn da nicht die Sorge um die Shanghaierin gewesen wäre.

„Das Apartment ist gebucht, Sir. Die Dame hat es allerdings noch nicht bezogen. Wollen Sie die Buchung aufheben?"

„O nein! Sie ist wirklich noch nicht da?“

Wie um mich endgültig zu überzeugen, sah sie sich nach der Wand mit den Fächern um, in denen die Schlüssel lagen. Die alte Methode, sie bereitzuhalten hatte man trotz Computer nicht abgeschafft. Kopfschütteln. Mu Erh, der hinter mir stand, schlug vor, seinen Polizeifreund im Büro von Chef Cordan einzuschalten, aber dafür schien es mir zu früh. Als ich das überlegte, bedrängte mich der Gedanke, daß es ebensogut dafür auch zu spät sein konnte. Es war eine der Situationen, in denen man sich am liebsten selbst ohrfeigen möchte, nur – wie hätte ich ihr vorbeugen können?

Sung Loh, den wir im Küchentrakt ausfindig machten, wo man ihn immer fand, es sei denn, er hielt ein Schläfchen, runzelte besorgt die Stirn.

Mir fiel ein, daß Victor Choi vom Jai Alai Casino gesprochen hatte, das ein Stück weiter nördlich lag. Ich erreichte über mein Handy das Büro des Managers, das offenbar rund um die Uhr besetzt war, und eine angenehme Frauenstimme teilte mir mit, Mister Victor Choi sei ihnen bekannt, aber es läge keine Notiz vor, daß es mit ihm heute etwas zu erledigen gäbe. Nein, ein Bote von ihm werde ebenfalls nicht erwartet.

Dann die Frage: „Wie sagten Sie, heißt die Yacht?“

„Pinocchio.“

„Augenblick“, bat die Stimme, „ich habe über unseren Computer eine Kontrolle über alle Fahrzeuge, die anlegen.“

Stille. Mu Erh und Sung Loh blickten mich erwartungsvoll an. Dann wieder die Stimme aus dem Casino: „Tut mir leid, Sir. Die ‚Pinocchio‘ hat vor vierundzwanzig Tagen zum letzten Mal bei uns angelegt. Heute nicht. Sie wird auch nicht erwartet, das heißt, es liegt keine Ankündigung vor. Ich hoffe, das hilft Ihnen weiter.“

Es half mir keinesfalls, aber mehr war wohl nicht zu erfahren.

Sung Loh erinnerte sich, daß wir, als ich meine Untersuchung in Macao begann, im „Mandarin Oriental“ nachgeforscht hatten. Der bezopfte Freund Sung Lohs befand sich ja, wie ich wußte, auf Chois Party, also telefonierten wir so lange, bis wir die Küchenfrau Amy erwischten, mit der sich Sung Loh ebenfalls blendend verstand. Sie forschte sogleich nach, ob es da eine Mrs. Choi Tse-min gab – erfolglos.

Trotzdem fragten wir auch noch bei „Henry's“ nach. Alphonso Bustaveras, den Sung Loh respektlos und freundschaftlich zugleich mit „Hallo Hörnchen!“ anredete, bat uns in ein paar Minuten wieder anzurufen. Bis dahin wollte er sich umsehen. Als wir anriefen sagte er: „Keine Mrs. Choi.“ Während wir noch überlegten, jaulte mein Handy. Bobby Hsiang aus Hongkong war der Anrufer, und er schien in Eile. Sagte nur: „Komm zurück. Gleich. Findest mich da wo Ninny ins Wasser fiel, damals, erinnerst du dich?“

Selbstverständlich hatte ich nicht vergessen, wie in unserer gemeinsamen Polizistenzeit unsere britische Kollegin Ninny an der Anlegestelle des Police Officiers Clubs in der Causeway Bay ausgerutscht und ins Wasser gestürzt war, worauf wir beide sie herauszogen.

„Ich erinnere mich. Gibst du mir einen Hinweis, was läuft?“

Er sagte knapp: „Wir haben einen Tip von einem der beiden Herren, die wir wegen des Einbruchs bei dir in der Zange hatten. Nimm dir ein schnelles Boot, ich stehe in einer Stunde am Steg, oder ein Mann von mir.“

Mu Erh erbot sich, seine Yacht zur Verfügung zu stellen. Aber Sung Loh meinte, wir müßten schon ein schnelleres Fahrzeug haben. Bei Mu Erh erkundigte er sich: „Kannst du einen Flitzer fahren? Motorboot. Hundertzwanzig Spitze. Na?"

„Ich würde damit jedes Rennen gewinnen", versicherte der Shalali-Mann.

„Dann kommt mit!" Sung Loh führte uns über die Küstenstraße zu einem privaten Anlegeplatz, wo der Flitzer festgemacht war. Er entschuldigte sich, daß er selbst nicht mitkommen konnte – die Küche …

Den Rest hörten wir schon nicht mehr. Mu Erh hatte die Zündung eingeschaltet, und als aus dem Heck des Bootes ein dumpfes Rollen kam, das zum röhrenden Schrei wurde, sobald Mu Erh den Speedhebel anschob, lernte ich den Shalali-Mann von einer ganz neuen Seite kennen – er verfiel in einen Rausch der Geschwindigkeit.

Mir blieb nichts übrig, als mich schnell anzugurten und den Kopf einzuziehen. Und ich hatte gar keine Gelegenheit, zu bewundern, mit welcher traumtänzerischen Sicherheit Mu Erh den Weg nach Victoria Harbour fand, in der Schwärze dieser Neumondnacht.

Für ein paar Sekunden fiel mir, als voraus in der Ferne die Lichter von Green Island auftauchten, die groteske Situation von damals ein, als wir unsere sittsame britische Kollegin triefnaß auf den Steg zurück zerrten, ihr die braune Hafenjauche aus dem Magen quetschten und dabei überrascht feststellten, sie trug schwarze Unterwäsche – für damalige Zeiten ein geradezu untrügliches Zeichen tiefster Verkommenheit!

Doch da waren wir schon an Green Island vorbei, und Kennedy Town kam in Sicht. Hier wurde die Welt heller, das kam von den unzähligen Lichtern an Land, und auch weil es auf dem Wasser um uns herum nun immer mehr Fahrzeuge gab.

Vom Star Ferry Pier an hockte ich mich neben Mu Erh und wies ihm den Weg. Der Junge überraschte mich immer wieder von neuem mit Eigenschaften, die ich ihm nicht so recht zugetraut hätte. Er fuhr wie ein

Profi Zickzack durch den Hafenbezirk, kümmerte sich nicht um geschwungene Fäuste oder wütend tutende Sirenen, bis ich ihm auf die Schulter tippte und nach rechts wies, wo der Steg auftauchte, hinter dem der Offiziersclub der Polizei lag.

Knapp zweihundert Meter davon, über die Zufahrt zum Hafentunnel hinweg, lag das Bassin von Toby Chesters Royal Yacht Club, und etwa die doppelte Zahl von Metern westwärts, auf Wanchai zu, residierte die Air-Sea-Dreams-Filiale, kurz vor den Fährenpiers in dem Stadtbezirk, in dem ich aufgewachsen war und nicht nur jede Frittenbude kannte, sondern auch jede Hintergasse.

Da stand Bobby Hsiang. Er knurrte mich an: „Es gibt drei Anzeigen gegen euch, wegen Gefährdung der Schiffahrt ..."

„Und was spielt sich sonst ab?" Ich gab mir Mühe, es salopp klingen zu lassen. Er nahm uns mit zu seinem Auto, in dem sich das Telefon befand. Dabei klärte er mich kurz auf: „Den einen der zwei Burschen, die bei dir im Büro eingestiegen waren, haben wir wegen zwei noch nicht verjährter Bewährungsdelikte unter Druck setzen können. Er informiert uns. Der Chef von dieser Air-Sea-Dreams-Filiale ist so gut wie sauber. Aber heute läuft ein Ding, das dich interessieren wird. Mister Tsa Ping, dieser Chef, bekam Besuch von einem braunhäutigen Insulanertyp aus Macao. Unser Informant sagt, Mister Tsa Ping muß etwas für seinen Chef erledigen, für den Sohn von Emerson Choi in Macao, Victor Choi. Er wäre nicht gerade glücklich darüber. Was es ist, weiß er nicht. Aber er vermutet, daß da eine Person auf dem Boot aus Macao festgehalten wird. Wir als Polizei haben vorläufig formal noch keinen Anlaß, einzugreifen, wir könnten uns höchstens eine Belästigungsklage einhandeln. Aber für dich ist das höchstwahrscheinlich eine Chance, oder?"

„Ach!“ machte ich. Die Polizei hielt sich wie immer heraus, und das wurmte mich. Aber ich war sofort versöhnt, als Bobby seiner ungewohnt langen Rede anfügte: „Wir fahren ja mit! Bloß nicht vornweg! Du sollst uns gewissermaßen die Tür aufstoßen. Auf dieser Yacht ist höchstwahrscheinlich die Dame aus Shanghai. Und der braune Wuschelkopf ist in Mister Tsa Pings Büro, jetzt, im Augenblick. Also entscheide dich, was du daraus machst.“

Er brach ab, denn das Telefon in seinem Wagen schlug an.

Als er das Gespräch beendet hatte, wandte er sich wieder mir zu und hatte Neuigkeiten: „Mister Tsa Ping ist auf dem Wege zu der Yacht ‚Pinocchio‘. Der Wuschelkopf fährt in Richtung Wanchai, mit einem Wagen der Air-Sea-Dreams. Wir haben ihn unter Kontrolle. Wo willst du hin? Yacht oder Wanchai?“

„Yacht“, entschied ich. Dort war Mrs. Choi, das hatte ich lange vor Bobby geahnt. Um sie ging es. Sie war in Gefahr, auch wenn sie das selbst noch immer nicht bemerkt haben sollte. Aber ich sagte mir, jetzt mußte sie wohl auch langsam begriffen haben, was ihr drohte.

Mu Erh wollte beim Motorboot bleiben. Aber bevor ich mit Bobby abrauschte, konnte ich ihn doch noch in dem Fahrzeug unterbringen, das zur Ablösung des Verfolgers von unserem Krauskopf losschoß.

„Bleib an dem Kerl dran“, schärfte ich ihm ein. „Hilf den Polizisten, du weißt, wie er aussieht. Setzt ihn fest!“

Dann hatten Bobby und ich uns zu beeilen, wenn wir etwa zur gleichen Zeit mit Mister Tsa Ping in Sichtweite der „Pinocchio“ sein wollten.

Wir schafften es, sie zu erreichen, als dieser gerade an Deck kletterte. Er kannte sich wohl nicht so genau auf dem Boot aus und suchte den Aufgang, als unser Scheinwerfer ihn anleuchtete.

Der „Herr in Aspik“, wie ich ihn insgeheim nannte, seitdem ich ihn zum ersten Mal in seinem durchsichtigen Chefkasten erlebt hatte, erstarrte in seiner Bewegung. Er hatte wohl nicht damit gerechnet, aus einem fremden Boot an seinem eigenen Anlegesteg mit grellem Licht überschüttet und mit einer barschen Megaphonstimme aufgefordert zu werden: „Hier spricht die Polizei! Mister Tsa Ping, bleiben Sie da, wo Sie sind, wir kommen an Bord. Keine Gegenwehr, bitte!“

Neben mir sagte Bobby Hsiang an seiner Zigarette vorbei zu zwei Uniformierten: „Festnehmen!“

Das war alles. Aber er erklomm unmittelbar hinter den beiden das Deck der „Pinocchio“ so schnell, daß ich Mühe hatte, hinterher zu kommen.

Ich erkannte, daß es sich bei Tsa Ping offenbar um einen Angsthasen handelte. Er stand mit hochgereckten Armen an der Wand des Ruderhauses, obwohl ihn niemand dazu aufgefordert hatte, die Hände zu heben. Einer der beiden Polizisten durchsuchte ihn flüchtig nach Waffen, und als er keine fand, klopfte er ihm auf die Schulter: „Sie können die Hände herunternehmen!“

Tsa Ping zitterte. Als ich ihn ansprach, konnte er nur stotternd antworten. Ich wollte wissen: „Was suchen Sie auf der ‚Pinocchio‘?“

Obwohl ich es ahnte, wollte ich es von ihm hören, und ich wollte vor allem, daß es Bobby Hsiang hörte, der, von seinen beiden Uniformierten flankiert, neben mir stand.

„Ich ... es war nicht meine Idee ...“

„Hat Sie der Chef hierher geschickt?“

Er schwieg.

„Sparen Sie uns allen Zeit! Es war der Niugini-Mann, den Ihr Chef, Mister Victor Choi aus Macao hierher schickte, damit er Ihnen einen Auftrag übermittelt. Wir werden den Krauskopf bald haben, also verzögern Sie die Sache nicht!“

Ganz plötzlich, als habe man einen Hebel betätigt, stotterte er los: „Ich ... s ... sie ist a ... a ... augenblicklich sowieso nicht ... n ... nein, das hätte ich n ... n ... niemals ge ... gekonnt ...“

Da schaltete sich Bobby Hsiang auf eine Weise ein, die unweigerlich lautes Gelächter bei mir ausgelöst hätte, wäre es mir nicht im letzten Augenblick noch gelungen, mich zu beherrschen. Bobby fragte den Zitternden nämlich, seine Sprechart nachahmend: „U ... u ... und wer ist u ... unten?“

Er deutete mit dem Daumen in den Aufgang.

„Die Frau“, gab Tsa Ping zurück, diesmal ohne zu stottern. Was Bobby nicht hinderte, seinerseits die Komödie weiterzuspielen, obwohl die beiden Polizisten bereits grinsten wie die Spaßmacher in der Oper.

„U ... und was hä ... hä ... hätten Sie nicht gekonnt?“

„Mister“, bat ihn Tsa Ping todernst und in klarer Sprache, „machen Sie sich bitte nicht noch lustig über mich! Mein Chef, Mister Choi, hat da etwas von mir verlangt, das mich in einen teuflischen Konflikt stürzte. Die Frau unter Deck sollte ich nach Big Wave Bay fahren. Nur diesen kleinen Törn. Und dort an Land bringen ...“

„An Land bringen?“

„Ja, an Land.“

„Und umbringen?“

„Nein! Sie auf eine Bank am Strand setzen, ihr die Handfesseln und die Fußfesseln aus Plastik abnehmen, auch das Heftpflaster über dem Mund ...“

„Und dann erschlagen?“ Bobby ließ nicht locker.

„Nein!“ Er schrie es fast. „Sie einfach dort sitzenlassen und mit der ‚Pinocchio‘ abfahren. Bis spätestens früh in Macao sein, die ‚Pinocchio‘ an Mr. Chois Steg festmachen und mit dem Hydrofoil zurück nach Hongkong fahren.“

Bobby sah mich an und tippte an die Stirn: „Der hat was an der Krone!“

Aber ich gewann langsam eine Vorstellung von dem, was hier nach dem Willen von Victor Choi hatte laufen sollen, und ich sagte nur noch schnell zu Bobby:

„Der hat nichts an der Krone!“ Dann flitzte ich zum Aufgang und kletterte die Stufen abwärts.

Eine Sekunde dachte ich daran, daß ich nicht einmal eine Waffe bei mir hatte, aber ich kam gar nicht dazu, mir Sorgen darüber zu machen, denn da unten, im Salon, bequem in einen Sessel gelehnt, blickte mich Mrs. Choi an.

Sie erinnerte nicht an eine Bürgermeisterin, wie sie hinter dem riesigen Heftpflaster, mit dem ihr Mund verklebt war, voller Zorn „Hmmm ... Mmmmh ... Ummmh ...“ brummte.

Handgelenke und Fußknöchel waren mit diesen modernen Plastikbändern zusammengezurrt, die sich nicht mehr öffnen ließen, wenn sie einmal bis zum Ende festgezogen waren. Nur durchschneiden konnte man sie. Und genau das tat ich jetzt. Als letztes blieb mir, das Pflaster zu entfernen.

Ich erwartete, daß Mrs. Choi danach das „Hmmm“ und „Mmmmph“ durch deftiges Schimpfen ersetzen würde, täuschte mich aber. Nachdem ich das Pflaster mit einem beherzten Zug abgerissen hatte, gab sie weder einen Schmerzlaut noch einen Fluch von sich, sagte lediglich: „Danke!“

Und nur weil mir Dank von Damen immer etwas peinlich ist, guckte ich, um die Verlegenheit zu überbrücken, auf das Pflaster in meiner Hand und überlegte, ob ich es in die Ecke feuern oder als Beweisstück für die Polizei sicherstellen sollte – und da entdeckte ich auf dem sonst leicht gelblich eingefärbten Mull in der Mitte die dunkle Substanz.

Ich hielt das Ding unter die einzige brennende Lampe im Raum, und für einen Augenblick hatte ich das Gefühl, jemand überschütte mich mit dem, was ein soeben abgetauter Eisschrank ausgespieen hatte: diese bräunliche Masse, die da in das Gewebe inmitten des Pflasters gerieben war, sie war es, die mich fast in Panik versetzte. Ich roch daran. Nichts. Dann zeigte ich Mrs. Choi das Ding und fragte: „Haben Sie versucht, das mit der Zunge zu lockern?"

„Selbstverständlich!" Sie nickte. „Es saß aber zu fest, und ich ..."

Den Rest hörte ich nicht mehr. Ich flitzte an Deck, wo Bobby gerade die beiden Uniformierten mit dem festgenommenen Tsa Ping zur zentralen Station nach Wanchai schickte, wegen des Protokolls.

„Kannst du deine Toxikologen herbeitrommeln?"

„Meine was?" Er sah mich verständnislos an.

Hinter ihm erschien Mrs. Choi im Aufgang und sagte artig: „Guten Abend!"

„Deine Giftspezialisten! Ob die erreichbar sind! Es geht um Minuten ..."

Er begriff erst, als ich ihm das Pflaster mit dem braun eingefärbten Mull in der Mitte vorwies und erklärte: „Das ist genau das Zeug, was der Niugini-Mann von Victor Choi in dem Futteral seines Prachtkörperteils versteckt hatte, in Macao! Es ist das Zeug, das ich dir zum Untersuchen besorgt hatte. Wir brauchen die Giftspezies, und die Dame muß sofort in die am besten geeignete Klinik!"

„Wie bitte?" hörte ich sie sagen.

Ich klärte sie auf: „Ihr Mann ist an genau diesem Zeug gestorben. Hat es mit einem Drink oder mit Essen verabreicht bekommen. Sie haben es aus dem Mull mit der Zunge in den Körper transportiert. Seit wann hatten Sie das Pflaster über dem Mund?"

„Seit der Abfahrt in Macao. Das ging dort so schnell, daß die mich überwältigen konnten, bevor ich auch nur richtig begriff, was vorging."

Ich rechnete Bobby die Zeit vor. Er hatte inzwischen begriffen, daß die Frau, wenn der Plan Victor

Chois aufgegangen wäre, vermutlich irgendwo um Big Wave Bay herum morgen früh tot auf einer Bank gesessen hätte.

„Dann wirkt das Zeug also bereits?“ flüsterte er mir zu.

Ich feuerte ihn an: „Nun ruf endlich die Giftmänner! Wenn die nicht wissen, was man macht, kannst du einen Pfarrer bestellen, der Mrs. Choi die letzte Ölung verabreicht, für den Fall, daß sie katholisch ist!“

Ihre Stimme klang erstaunlich fest, als sie mich aufmerksam machte: „Ich bin Atheistin, Mister Lim Tok.“

„Gratuliere!“ gab ich zurück, darum bemüht, die Sache nicht in Panik ausarten zu lassen. „Das spart uns Ausgaben.“

Bobby brauchte manchmal lange, bis er bei einer Sache in Fahrt kam. Aber jetzt lief sein Motor offenbar an, und das ging schnell. Er brüllte in sein Handy: „Du hebst deinen verkommenen Arsch ganz ungeheuer schnell und fährst zum Tang Shiu Kin Hospital. Queens Road East. Und in den dreißig Sekunden, die ich dir gebe, bis du dort bist, wirst du dir darüber klar werden, wie du die Frau rettest ... kapiert? Nein, ich bin nicht ausgeflippt! Und – ich reiße dir persönlich die Kastanien ab, falls du nicht schon da bist, wenn wir ankommen! Ende!“

Er rief das Hospital noch an, eines der besten in Hongkong. Es lag etwas mehr als einen Kilometer südlich der Anlegestelle, an der wir uns befanden, aber das waren tausend Meter mit einem Verkehr, der gerade um diese Zeit, wenn der Morgen sich ankündigte, immer dichter wurde. Den Leuten im Hospital sagte Bobby, sie sollten alles für die Rettung einer Person mit einer Vergiftung klarmachen und eine Trage vor dem Portal bereithalten. Dann schubste er mich und Mrs. Choi an Land.

„Meinen Sie mit der zu rettenden Person eigentlich mich?“ wollte die Shanghaierin wissen. Ich war mir nicht klar, ob sie einen makabren Scherz versuchte oder ob sie wirklich bis jetzt noch nicht wußte, in welcher Gefahr sie schwebte.

Bobby, der von Natur aus kein ungehobelter Mensch war, antwortete darauf nur gereizt: „Meinen Sie, ich will morgen in den Zeitungen bei Ihnen zuhause stehen haben ‚Saumseliger Hongkong-Polizist vergibt Rettungschance für beliebte Shanghaier Bürgermeisterin!‘?“

„Stellvertretende.“ Eine erstaunliche Frau, ich stellte es nicht zum ersten Male fest. Hörte, wie sie noch leise anfügte: „Vielleicht steht auch drin ‚Entschlossener Hongkonger Polizist rettet …‘ und so weiter!“

Bobby bat sie betont förmlich, allerdings die Lautstärke von Wort zu Wort steigernd: „Hüpfen Sie in den Wagen! Blitzschnell, wenn ich Ihnen das als Noch-Hongkonger Polizist abverlangen darf! Es eilt nämlich. Denn in der Klinik werden Sie es schätzen, wenn wir Sie nicht erst als Leiche anbringen!“

Das letzte brüllte er, weil er inzwischen angefahren war, Blaulicht und Sirene eingeschaltet hatte und die erste Kurve in Richtung auf das, was manche Leute den „Verkehrskringel“ nannten, die Auffahrt zum Tunnel nach Kowloon hinüber, mit der Abzweigung südwärts in Richtung Queensroad mit quietschenden Reifen nahm. Die Frau machte einen nachdenklichen Eindruck, aber Angst konnte ich in ihren Augen nicht entdecken. Entweder eine Fatalistin, dachte ich, oder sie ist ein bißchen verdummt. Doch ganz sicher war ich mir nicht, ob es da nicht etwa noch eine dritte Möglichkeit gab.

12. Kapitel

Der Toxikologe vom Polizeilabor war tatsächlich schon an der Klinik, als wir ankamen, wenngleich ungekämmt und mit einer Pyjamajacke unter dem Jackett. Er hielt sich nicht lange damit auf, Bobby Vorwürfe zu machen. Packte Mrs. Choi auf eine bereitstehende Trage, und das letzte was ich hörte, war seine Frage an sie, wann und auf welche Weise sie Kontakt mit der fraglichen Substanz gehabt habe. Dann schoben sich die Glastüren zu dem Nottrakt hinter ihm zu, und wir standen draußen.

Nach einer Weile erschien aus dem Haus eine jener in gestreiften Kattun gekleideten Göttinnen der Nächstenliebe mit einem Tablett, auf dem zwei Tassen Tee standen. Sie fragte: „Mister Hsiang und Mister Lim Tok?"

Als wir das nicht leugneten, schob sie uns mit einem Lächeln, das Mao Tse-tung zum Christentum hätte bekehren können, das Tablett unter die Nase und hauchte: „Grüner Tuocha. Trinkt sonst nur der Chefarzt. Er hat mir aufgetragen, Sie damit zu erfrischen."

Ich wollte ihr gerade erläutern, was es sonst noch für Methoden gäbe, einen Mann wie mich zu erfrischen, aber da kam mir Bobby zuvor: „Der Chefarzt ist da?"

„Ja!" Ihre Zähne auf einen Strang gefädelt, hätten Perlen den Rang abgelaufen.

„Jetzt, wo es noch sozusagen Nacht ist?"

Sie nickte. Wieder mit einem Lächeln, das nicht von dieser brutalen, raffgierigen Welt war. „Der Toxikologe der Polizei hat ihn mitgebracht, als er kam."

Sie stellte das Tablett auf den Autokühler, bemerkte, daß sie leider zurück ins Haus müsse, murmelte dann noch etwas von Magenspülung und Blutwäsche und Sauerstoff, und dann war sie verschwunden, wie die Fee in den alten englischen Märchen, die uns die Lehrer manchmal erzählt hatten, im ersten Schuljahr.

Es hatte keinen Sinn, zu warten, das sahen wir bald ein. Es konnte Stunden dauern, bevor wir einen Bescheid erhielten. Also gönnten wir uns erst einmal in einem schon geöffneten Pub in der Nähe des Fußballstadions einen Imbiß, wobei Bobby über sein Handy erfuhr, daß das Auto der Air-Sea-Dreams mit unserem Krauskopf eine ganze Weile in Wanchai herumgekreuzt war. Dann war es zurückgefahren und befand sich jetzt auf der Schleife zum Tunnel nach Kowloon, auf genau dem „Verkehrskringel", den wir vor ganz kurzer Zeit mit Mrs. Choi im Wagen hinter uns gebracht hatten.

„Was wollen die in Kowloon?" fragte Bobby Hsiang leise.

Er richtete die Frage an sich selbst, aber er sah mich dabei an, als hätte er seinen Denkapparat bei mir untergestellt. Und dann fragte er, nachdem jemand ihm noch etwas anderes über sein Handy mitgeteilt hatte, zurück: „Sonderbeauftragter der Polizei von Macao? Keine Ahnung."

Ich ahnte Schlimmes und bat ihn schnell um den Hörer. Sagte hinein: „Ja, was ist mit Senhor Sowieso aus Macao? Geben Sie ihn mir, bitte!"

Bobby verdrehte die Augen. Aus der Muschel des Handys kam die Stimme des Shalali-Mannes: „Mister Lim Tok, ich glaube, ich weiß, wohin der Wagen will."

„Na los!" drängte ich.

„Kowloon", gab er zurück. „Er biegt gerade in den Tunnel ein."

„Daß er nach Kowloon will, ist nicht neu. Aber was kann er da drüben um diese Zeit wollen?"

„Das ist schwer zu sagen ..."

„Gib mir den Polizisten!" forderte ich, und dann

instruierte ich den Beamten, der überzeugt war, mit Bobby zu sprechen, uns im Abstand von jeweils zehn Minuten über die Fahrtrichtung zu informieren. Auf keinen Fall dürfe der Insasse des Autos aus Hongkong entkommen.

Bobby steckte das Ding wieder weg und bemerkte kopfschüttelnd: „Zur Not könntest du die halbe Polizei des Territoriums ersetzen. Deine Anweisungen hören sich an, wie die des obersten Chefs. Was soll das?"

Ich gab mir Mühe, ihm zwischen einem Hühnerbein und einer Schale sauer angemachter Muscheln zu erläutern: „Der Kerl ist der Kronzeuge, Bobby, und ich glaube, Victor Choi weiß genau, was er da macht. Zuerst sorgt er dafür, daß sein Bruder tot umfällt, dann bringt er dessen Frau auf die gleiche Weise ums Leben, das heißt, er versucht es wenigstens, aber das alles macht er nie selber, er läßt es einen Fremden tun, mit Mitteln, die dieser Fremde beherrscht. Und zuletzt ist dieser Fremde dann verschwunden. Ende. Eine Anklage gegen Victor Choi wäre lächerlich, wenn Krausköpfchen entkommt!"

„Du meinst diesen Insulaner?"

„Ja, den."

„Und wie soll der verschwinden, bitte?"

Ich erinnerte ihn: „Drüben in Kowloon, im Frachthafen liegt jede Menge Schiffe, von denen alle Augenblicke eins in eine andere Richtung ausläuft. Wetten, daß die Fahrt dahin geht?"

„Ich wette nicht mit dir." Nach einiger Zeit machte er gedämpft: „Aha!" Fischte sich eine Muschel und gab die Weisheit von sich: „Wenn er dort erst einmal auf einem Kahn verschwunden ist, können wir uns schlafen legen."

Er schmatzte. Wischte sich die Finger an dem feuchten Tuch ab, das der Wirt brachte. Es trug den Aufdruck „Silver Bird".

„Sehr schön, Mister", sagte Bobby zu dem grinsenden Wirt. Dann wandte er sich an mich: „Du mußt mir, um deine Genialität zu beweisen, nur noch zwei kleine Dinge erklären. Warum hat Victor Choi diese Teufelei ausgeheckt? Und – wohin soll dieser Fremde verschwinden?"

Ich erklärte ihm: „Laß dir mal von Eingeweihten sagen, wieviel Millionen Dollar das Gesamtvermögen des alten Tycoons Choi beträgt. In der ganzen Welt verteilt. Weißt du, daß die Pekinger ihn neben Tung Chee Hwa in der engeren Wahl für den Chef der ersten Regierung Hongkongs nach der Eingemeindung hatten?"

„Ich kann dir beides beantworten", gab Bobby zurück. „Die Dollarzahl ist zweistellig. Und für den Posten, den die Pekinger da vergeben, ist er zu alt."

„Aber reich genug, daß sich drei zukünftige Hinterbliebene jetzt schon gegenseitig des Erbes wegen umzubringen versuchen!"

„Eben", sagte Bobby seelenruhig zwischen zwei Muscheln. „Das ganze ist eine Erbschaftsintrige. Eigentlich hätte ich gar nichts damit zu tun, wenn es nicht diesen Toten aus Shanghai gäbe!"

Er grinste mich entwaffnend an. Im selben Augenblick jaulte sein Handy wieder. Er hörte zu, dankte, dann sagte er: „Beinahe wäre von den drei zukünftigen Erben tatsächlich nur einer übriggeblieben."

„Beinahe? Haben sie die Frau retten können?"

„Noch nicht ganz." Er hatte Tee bestellt, der jetzt kam. Nach dem ersten Schluck stellte er fachmännisch fest: „Ist kein Tuocha." Dann: „Wir fahren besser wieder zur Klinik ..."

Wir tranken die Tassen trotzdem noch in Ruhe aus, und als wir am Tang Shiu Kin ankamen, stand da der Toxikologe vor dem gläsernen Eingang und saugte wie verzweifelt an einer Zigarette.

Er trug noch weißes Zeug und eine Kappe auf dem

Haar. Als er uns kommen sah, machte er ein Gesicht wie ein Fischhändler auf dem Markt, der von einem Kunden, der ihn besucht, ganz genau weiß, daß er an seiner Ware etwas auszusetzen haben wird. Aber immerhin gab er uns auf Bobbys Frage Auskunft: „Wenn sie nicht an dem Kaffee eingeht, den sie in den nächsten Tagen hier kriegt, wird sie es überleben."

„Ihr habt es tatsächlich geschafft?"

Der Toxikologe warf einen mißtrauischen Blick auf die blaue Bastos-Packung, die Bobby erleichtert aus der Tasche zog, und als er mit dem Feuerzeug einen der Stinker in Brand setzte, trat der Medizinmann vorsichtshalber einen Schritt zurück.

Er war müde, man sah es. Und vermutlich würde er mindestens die Hälfte des kommenden Arbeitstages verschlafen. Die zweite Hälfte, denn inzwischen war es hell geworden, der Morgen war nicht mehr nur eine Hoffnung.

Der Mann riß immer wieder die Augen auf, wie um nicht im Stehen einzunicken. Dazwischen ließ er uns noch wissen: „Gut, daß sich unsere Tüftler mit dem Zeug beschäftigt hatten, nachdem es in der Leiche dieses Herrn auftauchte, und nachdem wir dann einen ganzen Fingerhut voll davon bekamen. Sie haben eine Masche entdeckt, wie man die Wirkung aufheben kann, solange es bestimmte Funktionen noch nicht ganz gelöscht hat."

„Ich wünsche ihnen den Nobelpreis!" atmete Bobby auf.

Der andere bekannte: „Ich selbst wünsche mir eine Matte in einem möglichst kühlen Raum. Dunkel sollte er auch sein."

„Kann man mit Mrs. Choi sprechen?"

„Wer ist Mrs. Choi?"

„Die Patientin! Wir hätten Fragen an sie."

„Nicht vor übermorgen. Sie hängt an etwa dreiundsiebzig Apparaten."

„Und da läßt du sie so einfach allein daran hängen und lungerst hier draußen herum?“

Der Toxikologe hatte keine Lust, weiterzufrozzeln. Er machte eine müde Kopfbewegung zum Eingang hin und klärte Bobby auf: „Es sind sechs Ärzte mit ihr beschäftigt, sei beruhigt.“

„Ich werde dich in meinem Bericht gebührend erwähnen“, versprach ihm Bobby. Es klang sogar ehrlich. Aber der Toxikologe antwortete nur: „Es wäre mir lieber, du vergißt meine Telefonnummer!“

Dann schlurfte er in Richtung auf ein Auto davon, das auf dem Rasen neben dem Weg geparkt war.

Der Shalali-Mann mußte sich inzwischen mit den Polizisten, bei denen er war, angefreundet haben, denn sie ließen ihn über den Dienstapparat Bobby und mich anrufen. Möglicherweise hielten sie ihn auch tatsächlich für den Sonderbeauftragten der Polizei von Macao – wer konnte das wissen!

„Was sollen wir machen?“ kam jetzt die Anfrage meines Freundes mit den unvergeßlichen Ohren. „Er ist im Frachthafen auf ein liberianisches Schiff geflitzt. Name ‚Esmeralda‘ ...“

Bobby überlegte nicht lange. „Vom Kapitän Auslieferung verlangen. Sonst setzt ihr ihn fest.“

Aber Mu Erh machte ihn aufmerksam: „Der Kapitän ist scheinbar ein Russe. Jedenfalls spricht er ein Englisch wie der Pianist im ‚Golden Shark‘ in Macao, und der ist aus Moskau. Versteht uns nicht richtig. Gurgelt aber so ungefähr immer, er habe mit dem Mann nichts zu tun. Kennt ihn überhaupt nicht. Im übrigen hat sich der Krauskopf irgendwo im Schiff verkrochen, niemand weiß wo ...“

„Bestimmungshafen?“

Nach einer kurzen Pause kam zurück: „Port Moresby.“

Ich unterdrückte einen Freudenschrei.

Bobby ordnete trocken an: „Festhalten. Keiner verläßt den Eimer, bis wir da sind! Hafenpolizei benachrichtigen. Bei Komplikationen sofort Meldung an mich!“

Weder Horn noch Blaulicht nutzten viel – es ging los mit dem Morgenverkehr, und um diese Zeit gibt es nicht nur eine Unmenge Autofahrer, die zur Arbeit wollen, auch die unzähligen Händler holen ihre Frischwaren aus den Markthallen und Depots des Großhandels, die Nachtfischer fahren ihren Fang zu den Märkten – das Chaos, über das sich in Hongkongs Straßen schon nur noch Fremde aufregen, begann mit der echten Steigerung, die stets der Tagesanbruch bewirkt. So verging mehr als eine Stunde, bis wir endlich in Tsim Sha Tsui anlangten, drüben in Kowloon, und zu den Frachthafenpiers rollen konnten.

Die „Esmeralda“ war der übliche Seelenverkäufer, wie sie zu Hunderten von den einst gewinnträchtig Seefahrt betreibenden Ländern verscherbelt wurden, weil sie keinen Profit mehr brachten. Unter Billigflagge kreuzten schier unzählige dieser Exemplare in unseren Breiten. Geladen hatte die „Esmeralda“ Maschinen für den Erzabbau, das erklärte uns der Kapitän in seinem gutturalen Pidgin. In Papua Neu Guinea gäbe es nämlich Kupfer, ob wir das nicht wüßten! Er war empört, daß er aufgehalten wurde, aber was er fluchte, verstanden wir nicht, dazu hätte es vielleicht der Dame Wanda als Übersetzerin bedurft, die in Aberdeen ihre Striche zog.

„Möchte wissen, wie der seiner Mannschaft klar macht, was er will“, sinnierte Bobby, während wir uns die Tirade anhörten.

Die Mannschaft bestand aus Filippinos. Billigarbeiter. Sie hatten angeblich das Schiff bereits mehrmals durchsucht, aber keinen „Blinden“ entdecken können. Also warteten wir auf den Suchtrupp der

Polizei, den Bobby inzwischen über sein Handy bei der Kowlooner Zentrale angefordert hatte.

Ich riet ihm gerade, dem Kapitän zum Zwecke der Beruhigung eine Wolke Bastos-Qualm in die Nase zu blasen, als vom Heck her die Stimme Mu Erhs kam: „Da ist er! Er haut ab! Ins Wasser!“

Als wir bei ihm anlangten, fügte er etwas weniger aufgeregt hinzu: „Er muß aus einem der unteren Bullaugen gesprungen sein.“

Mit ausgestrecktem Arm wies er in die Richtung Norden, auf Yau Ma Tai zu: „Getaucht und weg. Muß ein fabelhafter Schwimmer sein.“

Er wäre, auch wenn er auftauchte, nicht mehr zu sehen gewesen. Auf diese Entfernung reichte das erste, noch fahle Morgenlicht nicht aus, und dazu kam noch der Dunst, der um diese Zeit über dem Wasser lag.

Was jetzt folgte, erinnerte mich an eine der Polizeiübungen seligen Angedenkens, als jenseits der Grenze noch der Große Steuermann zur Weltrevolution aufrief und wir versuchten, unter dem Kommando dreier verschiedener Kommandeure, von denen jeder eine andere Idee hatte, sie zu verhindern.

Während Bobby Hsiang seine inzwischen eingetroffenen Hilfstruppen an Land nordwärts ausschwärmen ließ und die Wasserpolizeiboote mit ihren Scheinwerfern trotz stärker werdendem Tageslicht die braune Hafenbrühe ableuchteten, um vielleicht den auftauchenden Kopf des Entflohenen zu sichten, überlegte ich mir, daß dieser Mann, wenn er ein guter Schwimmer war, wohl schon längst aus unserem Blickfeld heraus sein müßte. Aber es war dann doch Mu Erh, der mich auf die entscheidende Idee brachte.

Er wies an der Küste entlang nordwärts und wollte wissen: „Was ist da oben?“

Noch während ich ihn aufklärte, daß es da das

nächste Terminal für die Fähren nach China gäbe, dann ein Hotel, eine Anzahl weiterer Fährenterminals und schließlich eine Taifunschutzbucht, hätte ich mich am liebsten mit der geballten Faust an den Kopf geschlagen: warum war mir das nicht eher eingefallen!

„Los, komm!“ Ich zog den Shalali-Mann mit mir. Wir kletterten an Land.

Hier saß, von einem schläfrigen Polizeibeamten bewacht, noch immer der Fahrer des Autos, das Krausköpfchen hierher gebracht hatte.

„Wohin solltest du ihn fahren?“

Der junge Mann schreckte auf, als ich ihn anbrüllte. Ein kleiner, flinker Typ, dessen Augen mich unsicher musterten. Die Hände hatte der Polizist ihm im Schoß mit einer Metallfessel zusammengeschlossen.

Ich hielt ihm die Zigarettenschachtel des Shalali-Mannes hin. Der Fahrer öffnete den Mund. Ich schob ihm eine Zigarette zwischen die Lippen. Mu Erh hielt mir das Feuerzeug hin, aber ich ließ es nicht aufflammen, blickte nur den Fahrer an.

„Na?“

Der Köder zog. Der junge Mann hatte wohl doch keine Lust, einen ihm fremden Mann zu schützen, nachdem die ganze Sache ohnehin schief gelaufen war.

„Mein Chef schickte mich mit ihm nach Wanchai. Sollte ihn irgendwo an den Piers absetzen, er würde mir sagen, wo. Aber nachdem wir eine ganze Weile an den Piers herumgekurvt waren, krakelte dieser Fremde in seinem grauenhaften Slang plötzlich, hier sei es falsch. Er suche ein bestimmtes Schiff, die ‚Esmeralda‘. War schlecht zu verstehen, aber ich begriff schon. Also telefonierte ich aus dem Wagen mit dem Hafenamt und erfuhr, daß die ‚Esmeralda‘ eben hier liegt, in Kowloon. Deshalb sind wir hierher gefahren ... Der Chef muß ihn falsch verstanden haben, vielleicht, in der Eile … weiß nicht … so hat man mich jetzt festgesetzt … was ist eigentlich los, mit diesem Analphabeten … ?“

Er zog an der Zigarette, als ich ihm endlich die Flamme hinhielt. Der Polizist beobachtete das alles mißtrauisch, aber er hatte mich mit Bobby zusammen gesehen, und er hielt mich vielleicht für einen ganz besonders bedeutsamen Mann.

Ich sagte zu Mu Erh: „Was würdest du machen, in seinem Falle? Victor Choi wollte ihn ganz offenbar aus der Schußlinie schaffen. Zurück nach Niugini, wo er unter seinesgleichen taucht. Ihm selbst, Victor Choi, das denkt der jedenfalls wohl, ist nichts nachzuweisen. Und nun klappt das nicht mit dem Dampfer, der nach Port Moresby tuckern soll … na?“

Der Shalali-Mann gab lakonisch zurück: „Wenn du mich fragst – ich suchte mir hierherum irgendwo einen Flitzer und düste los. Erst mal weg, und dann.“

Ich stoppte ihn: „Kennst du die alte chinesische Weisheit ‚Wenn du im Norden keine Jade findest, suche im Süden‘?“

Er verdrehte die Augen. Aber bevor er mir noch anvertrauen konnte, daß er von Musik und Entertainment mehr verstand als von der Weisheit der alten Chinesen, machte ich ihn aufmerksam: „Er ist südwärts abgehauen, darauf verwette ich eine vierzehn Tage getragene Unterhose!“

„Männlich?“ erkundigte sich Mu Erh in seiner coolen Art, aber ich hielt mich nicht lange mit Erörterungen über Unterwäsche auf. Da unten, südwärts, lag das Ocean Terminal. Da gab es von der Luxusyacht bis zum Speedboot alles zum Aussuchen an den Stegen!

Bobby Hsiang war nirgends zu sehen. Aber der Wagen, mit dem wir gekommen waren, stand da. Schlüssel im Zündschloß, wie es Vorschrift war. Ich wandte mich an den Polizisten, der den Air-Sea-Dreams-Fahrer bewachte: „Sie schicken Officer

Hsiang hinter uns her. Ocean Terminal. Wir parken vor dem Ocean Center, wo das Reisebüro ist … Heißt ‚Blue Moon'!"

Er wiederholte gewohnheitsgemäß: „Vor dem ‚Blue Moon', verstanden, Sir."

Ich schubste Mu Erh auf den Beifahrersitz, und wir flitzten los.

Die Nummer von Eugene Hsu hatte ich im Kopf. Ein alter Bekannter. Aktiver in der Triade 314. Aber kooperationsbereit. Ob er um diese Zeit schon in seinem Office war? Immerhin möglich, denn wenn Eugene etwa nachts auf einer Unternehmung gewesen sein sollte, pflegte er nicht selten im Büro auszuschlafen. Komfortabel genug war es.

Ich diktierte Mu Erh die Nummer, und er wählte auf der Polizeileitung. Schon wollte ich einen lästerlichen Fluch loslassen, als ich statt Eugene die Zentrale seines Reisebüros bekam. Da fiel mir der blinde Bettler ein, der als eine Art unauffälliger Wachtposten stets vor dem Laden saß, und ich schmierte der Telefonistin Honig um die – hoffentlich – hübschen Ohren: „Süße, ich will nicht, daß Sie Eugene selbst, meinen Freund, wecken, es genügt, wenn Sie mir ein Gespräch mit dem sehunfähigen alten Herrn vermitteln, der vor Ihrem Eingang sitzt, von Sonnenaufgang bis Mitternacht ..."

Sie hüstelte ein paarmal, aber sie war eingeschüchtert durch die Bemerkung, ich sei ein alter Freund Eugene Hsus, und da konnte ein Fehler ihr Ärger bringen.

„Warten Sie bitte", flötete sie.

Es dauerte nur Sekunden, dann sagte eine dunkle Stimme: „Hier!" Mehr nicht.

„Ich bin es, Lim Tok", ließ ich den angeblich Blinden wissen.

„So früh, Mister Lim Tok?" Er war schon mißtrauisch, aber es klang versöhnlich.

Ich sagte ihm, daß wir einen Mann jagten, der von einem Frachter weiter nordwärts ins Wasser gesprungen war und von dem wir vermuteten, daß er jetzt ein Boot stehlen würde, um sich davonzumachen. Mörder.

Er hörte sich das alles geduldig an, bis ich ihn fragte, ob er schnell, bevor wir selbst einträfen, jemand zu den Anlegestegen schicken könne. Ohne Mister Hsu zu belästigen, der liebte es nämlich nicht so sehr, wenn man seine Ruhe störte, um diese Zeit.

Die Stimme, die plötzlich in mein Ohr dröhnte, ließ mich beinahe ein rotes Verkehrslicht überfahren. Es war Eugene Hsu selbst, der sich da in die Leitung geschaltet hatte, auf der sein unauffälliger Wächter mit mir sprach.

„Belästige gefälligst nicht noch meine Angestellten, wenn du etwas von mir willst, alter Frauenschänder! Komm her. Sofort!"

Es krachte in der Leitung. Er hatte aufgelegt.

Eugene Hsu war ein reicher Mann. Eine Triade wie die 314 gab sich nicht mit Kleingeld ab. Erst unlängst hatte er mir, als wir zufällig zusammentrafen, verraten, er habe soeben in Kanada ein neues Unternehmen gegründet. Für alle Fälle, sozusagen. Falls das mit der Heimholung ins Mutterland nicht ganz so laufen sollte, wie er es gern hätte. Er besaß sogar schon einen kanadischen Paß. Ich hatte keine Ahnung, ob er echt war.

Der angebliche blinde Bettler, der vor dem Schaufenster saß, in das gerade die erste Morgensonne fiel, erwiderte meinen Gruß lächelnd, als sei nichts geschehen und schob die Reisschale, in die die Münzen geworfen werden sollten, eine Kleinigkeit in meine Richtung.

Ich leistete mir den Spaß, ihm einen Dollar zu spendieren, obwohl er vermutlich einen Jaguar im Stall hatte und in Hotels verkehrte, die ich mir lieber von außen besah.

Eugene Hsu, elegant wie immer, in einen Safari-Anzug feinster Bauart gekleidet, nach Ylang-Ylang für etwa fünfundsiebzig Dollar duftend, begrüßte mich jovial wie immer. Wir wußten, was wir voneinander zu halten hatten. Und nachdem er sich vergewissert hatte, daß Mu Erh vertrauenswürdig war, überraschte er mich mit der unerwarteten Frage: „Was ist das überhaupt für ein Kerl, der da bei Sonnenaufgang ausgerechnet meine Yacht klauen will? Sieht aus wie ein Abessinier und spricht ein Englisch wie der Lord of Windsor nach einer Nasenoperation ... he?"

„Du ... du hast den Mann?"

Er winkte ab: „Ich habe meine Leute da draußen. Er tauchte splitternackt und bibbernd aus dem Wasser auf und kletterte an Bord. Da gab ihm mein Mann eins über den Schädel. Sitzt nebenan, auf der Toilette. Zellen haben wir hier leider nicht zur Verfügung. Haha. Also – wer ist das, und was soll die Oper?"

„Er heißt Uwalu", begann ich. Eine Dame, die ich noch nicht kannte, leider, brachte ein Tablett mit zwei Gläsern gelber Limonade. Eugene Hsu vergaß so schnell nichts! Er grinste spitzbübisch. Im Grunde war er ein guter Junge, wie es sie auf Hongkongs Straßen zu Hunderttausenden gibt, nur daß er eben für die 314 lief.

„Danke", sagte ich, nahm einen Schluck und lobte den Geschmack.

Mu Erh blieb sprachlos. Er sah der davonstelzenden Dame hinterher, überlegte vielleicht, wie er sie in sein nächstes Showprogramm einbauen könnte.

„Uwa ... wie war der Name?"

Ich besann mich und schilderte Eugene Hsu, was geschehen war. Als der die Geschichte von Niugini hörte, schüttelte er den Kopf, aber als ich ihm verriet, im Royal Yacht Club, bei Toby Chester im Glasschrank, stehe eines dieser ominösen Futterale für des

Mannes Zierde, tippte er auf seine Sprechanlage und ordnete lachend an: „Emily, wenn die beiden Herren gegangen sind, verbinden Sie mich sofort mit dem alten Weltumsegler Tobias Chester ... ja, sehr richtig, im Royal sowieso!“

Zu mir sagte er: „Du gerätst aber auch immer an Dinger, wie sie selbst für Hongkong unanständig sind. Wie kommt man übrigens mit so einer Shanghaier Witwe zurecht? Hältst du was davon, wenn ich ihr gewissermaßen als Zeichen der Bereitschaft zu guter Zusammenarbeit ein paar Zweige Hibiskus in die Klinik schicke?“

Ich kam nicht mehr dazu, ihm davon abzuraten, denn die Tür flog auf und ein wütender Bobby Hsiang stürmte herein: „Polizeieigentum entwendet – das geht diesmal nicht durch, mein lieber Freund!“

Er wollte weitertoben, aber Eugene Hsu fragte sachlich dazwischen: „Bourbon oder Scotch, Sir?“

„Ich trinke jetzt gar nichts“, er besann sich, und fügte an: „Danke!“

Das nutzte ich, um ihm lakonisch mitzuteilen: „Dieser Herr hier, Besitzer des Reisebüros ‚Blue Moon‘, hat den flüchtenden Uwalu festgesetzt. Erwischt bei einer Straftat, nämlich dem Versuch, eine Yacht zu stehlen ...“

„Und du hast das gerochen, wie?“ Es klang bereits versöhnlicher.

Eugene Hsu erkundigte sich nochmals: „Wollen wir nicht doch alle zusammen auf den Erfolg der Polizei einen Bourbon ...?“

Er ging an seine Hausbar und hielt eine Flasche hoch. Diplomat hätte er werden sollen.

„Nicht vor dem Frühstück“, sagte Bobby gesittet. Und damit löste er bei Eugene Hsu das spontane Bedürfnis aus, Hungrige zu speisen.

Nachdem ein Begleiter Bobbys den immer noch splitternackten Krauskopf Uwalu, der sein Prachtstück übrigens ohne Etui trug, aus der Toilette geholt, ihn ordnungsgemäß festgenommen, in den vorwiegend noch weißen Kittel des Schaufensterdekorateurs gesteckt hatte und mit ihm abgezogen war, erschienen wie aus dem Nichts ein paar flinke Burschen und servierten uns in Eugene Hsus Büro ein Frühstück, über das ich lieber keine weiteren Angaben machen werde, weil man diese Art von Speisung Hungriger selbst unter gastfreundlichen Chinesen mit Recht als korruptionsverdächtig bezeichnen könnte.

Es war gegen Mittag, als ich endlich im Hotel Excelsior anlangte und meine Freundin Pipi am Empfang mich ebenso pikiert wie höflich fragte: „Bitte, der Herr, ein Einzelzimmer? Apartment mit Blick auf den Peak? Oder ein paar Ohrfeigen?“

Wir einigten uns erst am Abend auf meiner Dschunke wieder, nachdem ich ihr erklärt hatte, weswegen ich sie die ganze Zeit nicht anrufen konnte, und nachdem ich ihr die Sache mit diesem Etui in Einzelheiten erklärt hatte, verbunden mit dem Versprechen, daß wir das Souvenir Toby Chesters an einem der nächsten Tage besichtigen würden.

Ach so: Mitteilen will ich Ihnen unbedingt noch, daß sich um Victor Choi inzwischen, da einige Zeit vergangen ist, drei Staatsanwaltschaften streiten, die von Hongkong, die von Macao und die Shanghaier. Anstiftung zum Mord. –

Mit Krausköpfchen Uwalu verhält es sich noch etwas komplizierter. Macao, Hongkong, Shanghai und Papua Neuguinea sind auf ihn scharf. Vermutlich wird Neuguinea die Nase vorn haben, wegen der Rechnung, die er dort von früher noch offen hat.

Mit dem Inhalt seines Etuis, das man in Macao, bei Air-Sea-Dreams sicherstellte, beschäftigt sich jetzt die Wissenschaft.

Emerson Choi ist über den Verlust seiner beiden Söhne immer noch untröstlich. Peking machte ihm inzwischen tatsächlich offiziell den Vorschlag, in der neuen Regierung Hongkongs, die in der großen Hauptstadt dort oben gerade zusammengestellt wird, mitzuwirken. Er hat sich noch nicht entschieden. Aber mein Honorar hat er großzügig bezahlt.

Seine Schwiegertochter, die das Klinikum Tang Shiu Kin sozusagen „entgiftet“ verließ, ist nach Shanghai zurückgekehrt. Von mir verabschiedete sie sich unter Tränen, und ich verzichtete höflich darauf, ihr einzugestehen, daß ich eine solche Gemütsregung bei ihr nicht erwartet hatte. Immerhin versprach sie wiederzukommen. Nun ja, sie werden ziemlich zahlreich kommen, im Sommer.

Was noch? Der Shalali-Mann hat sich mit Eugene Hsu, dem Betreiber des Reisebüros „Blue Moon“ im Kowlooner Ocean Center darauf geeinigt, seine Show über die Seegöttin A Ma vor dem Center abzuziehen. Es besteht die Gefahr, daß er es nach und nach zu internationalem Ruhm bringt.

Schluß jetzt! Ich muß meine Freundin Pipi abholen. Um sie endgültig zu versöhnen, und weil ich sie die ganze Zeit doch arg vernachlässigt habe, unternehme ich mit ihr einen Ausflug nach Sin A Chau, jener winzigen Insel, auf die mich meine Suche nach Mrs. Choi und Uwalu damals führte. Einsamkeit, mal zur Abwechslung. Außerdem – auch Pipi kennt nämlich die gute Linny noch aus ihrer Hongkonger Zeit als Köchin im Chiuw Chow Garden.

Und neben kantonesischen Frühlingsröllchen wird es einen Ring mit einem echten Brillanten für Pipi geben.

Gelegenheitskauf …

DIE 202

Horst Bastian

Nicht jeden Tag ist Beerdigung

Der Mörder Franz Werker hat seine Strafe abgesessen. Erst wenige Tage ist er zurück, da wird eine Frau erschlagen aufgefunden. Die Suche nach dem Täter ist auch ein Kampf in ihm selbst: zwischen Selbstaufgabe und Überlebenswillen.

9,80 DM • ISBN 3-359-00881-2

ISBN 3-360-01205-4

Originalausgabe
1. Auflage

Rosa-Luxemburg-Str. 16, 10178 Berlin

Reihen- und Umschlagentwurf: Generator
Gesamtherstellung: Ebner Ulm